岩兰花开

汶川大地震幸存者生存状况调查

杜文娟◎著

中国言实出版社

图书在版编目（CIP）数据

岩兰花开 / 杜文娟著 . -- 北京：中国言实出版社，2020.4

ISBN 978-7-5171-3449-7

Ⅰ.①岩… Ⅱ.①杜… Ⅲ.①报告文学—作品集—中国—当代 Ⅳ.① I25

中国版本图书馆 CIP 数据核字（2020）第 053080 号

责任编辑　丰雪飞
责任校对　张　丽

出版发行　中国言实出版社
　　　　　　地　　址：北京市朝阳区北苑路 180 号加利大厦 5 号楼 105 室
　　　　　　邮　　编：100101
　　　　　　编辑部：北京市海淀区北太平庄路甲 1 号
　　　　　　邮　　编：100088
　　　　　　电　　话：64924853（总编室）　64924716（发行部）
　　　　　　网　　址：www.zgyscbs.cn
　　　　　　E-mail：zgyscbs@263.net
经　　销　新华书店
印　　刷　北京温林源印刷有限公司
版　　次　2020 年 5 月第 1 版　　2020 年 5 月第 1 次印刷
规　　格　710 毫米 ×1000 毫米　1/16　15 印张
字　　数　150 千字
定　　价　39.80 元　　ISBN 978-7-5171-3449-7

前 言

　　2008 年 5 月 12 日里氏 8.0 级的汶川大地震，造成近 7 万人遇难，近 2 万人失踪，37 万多人受伤，导致数千个家庭失去了独生子女，产生了 600 多名地震孤儿，是新中国成立以来破坏力最大的地震。

　　笔者在震后第 5 天只身前往震区当了一名志愿者，走遍了几乎所有重灾区，历时 29 天，广元市第二人民医院的 120 救护车曾把我从死亡线上救了回来。在 2009 年春节和地震一周年时，先后两次重返震区采风采访。2018 年 5 月至 6 月第四次入川，采访了五六十位重度伤残人员和重创家庭。当年的北川中学高二学生、全国残疾人游泳锦标赛百米蛙泳冠军"无腿蛙王"代国宏对我说，他用 2 年时间恢复身体，用 6 年时间恢复心理。可见，地震给人们带来的不仅是山河破碎家园坍塌，更重要的是心灵的伤害。

　　冬去春来，时光荏苒，12 年过去了，逝者已去，大难中煎熬过的丧子爸爸、丧子妈妈、地震孤儿，长大了的伤残孩子，重度伤残的中老年男女，震后宝宝们，如今生存状况如何？身体恢复情况如何？内心是否安妥？

　　为保护受访者，除部分愿意透露姓名的地震伤员外，其他人员均为化名，本书所记录的他们的经历完全属实。

目 录

感谢双拐

小宋：女，1990年出生，农民，失聪，双腿伤残，拄双拐，一级残疾。

有人说小宋是治城人，有人说是禹里人，有人说反正在农村，大禹故里那里，知道她重度伤残，是个女孩子，没有见过，很难见到。

我问治城在哪里，禹里又在哪里。有人说禹里就是治城，治城就是禹里。有人说治城和禹里八竿子打不着。至于为什么见不到她，没有人回答我。

不得已，便请教北川县图书馆馆长、县作家协会秘书长李春。她当时被埋70多个小时，也是被部队从废墟中掏出来的，住了半年院，做过几次手术，二级残疾，总出现幻觉，忘性大，手机明明放在包里，还以为丢了。手握不稳小东西，抖动得厉害，拍出来的照片模糊不清。走路有些费力，一只脚尖踩不踏实。

我俩并排走在北川新县城的一条土路上，阳光从榆树枝杈泻下，知了声声，路边有齐腰的向日葵，热浪腾腾的金色花朵散

·岩兰花开·

发着特有的气息，蜜蜂活泼，蝴蝶蹁跹，红尾黑翅的蜻蜓最不矜持，或比翼双飞，或形单影只，快乐无比。还有淙淙流水和温婉菖蒲，摇曳沙沙，任性而为，相伴的是榆钱般的浮萍和若有若无的蚊蝇，涟漪点点，蛙声含蓄。多想一直沐浴在阳光里，徜徉在鲜花盛开的季节，艳如夏花。惬意聊天，悠缓散步，像不曾有过灾难，只有莺歌燕舞，花开时节。

她甩一甩齐耳短发，笑盈盈地告诉我，听说北川建县1300多年，县城一直设在治城，1935年春中国工农红军进驻过，1952年县城迁往交通较为便利的曲山镇。地震以后，曲山镇废弃，县城整体搬迁到现在这个地方，永昌镇，还是时任总书记的胡锦涛同志取的名哩，希望北川永久安康昌盛太平。北川原本全境皆山，地震后上级政府把安县6个村子划归北川，才有了相对平坦的县城。

乘了事先约好的出租车，一路向北，刚出县城就钻进了大山，峰峦起伏，连绵不绝，凉风习习，道路宽阔，路边的香樟树栾树色彩清新，格桑花和苜蓿依依妩媚，露珠落在车窗上，晶莹剔透，恨不得捧于掌心。哼唱的欲望油然而生，这是哪座山啊，山峦怎么和绿色瀑布一般，铺天盖地，满世界都是绿啊，新绿、翠绿、浓绿、广博深厚的绿。星辰躲躲闪闪，白云还没有生发，燕子还在睡眠，雄鹰一定在雪山那边，没来得及翱翔至此，哦，在岷山以西还是龙门山之北？

岷山？龙门山？这不是川西北的山脉吗？这不是北川的崇

山峻岭吗？我曾经来过的啊，怎么完全改变了容颜，恍若仙境了呢。

我曾在地震发生十多天后去过北川中学，陪同一位父亲在学生宿舍内寻找女儿的遗物，宿舍非常凌乱，桌子抽斗和盛装衣服的拉杆箱子全被打开，学生证、饭票、奖状、书本，甚至连笔记本中夹着的小小干枯勿忘我花朵都在，没了现金。父亲捧着女儿的学生证，捂按在胸口，哽咽无语。他告诉我，听说有人趁着震后混乱，进入宿舍偷窃，还有人用长长的杆子，钩走阳台上晾晒的衣服被褥，没想到果真这样。

当天晚上，我借住在学校斜对面不远处的一户农家，墙上的裂缝像爬山虎一样四处蜿蜒，皎洁的月光下，山峦破败不堪，裸露的山体如战败的将军一般，悲怆，无处话凄凉。只有岩石与粉尘的浓烈气息，宣告山还是山，是与溪水紧密相连的庞然大物。需要敬畏与仰望的大自然，与人类可以和平共处，也可以毁于一旦。房东告诉我，政府出台了政策，对灾区困难群众每人每天补助 10 元钱和 1 斤口粮，连续发放 3 个月，晚饭吃的就是救济粮，房东并没有收我食宿费。次日见到了前所未闻的奇观，一架直升机一会吊起一辆黄色推土机，一会吊起一个绿皮油罐，往返于蓝天白云间，那是为炸毁唐家山堰塞湖做准备。

2009 年 5 月 12 日，在北川中学的一块石头上，我见到一位母亲，一动不动，挺着腰板，不知道坐了多久，不知道还要坐多久。她的腰为什么那样笔直，雕塑一般？好奇让我走近她，一位

·岩兰花开·

父亲正蹲在遗像前烧纸，那是一张青春洁净的笑脸，而她，那位母亲，凸显着肚子，一两天就要临盆的样子。转身间，看见四五个男生，正把星星一般的香烛一根根插在地上，组成一个心形图案。

不远处，众多男女正用力敲打残垣中的钢筋，在废墟中寻找丝丝缕缕的希冀，大家正为灾后重建忙碌，整个震区变成了巨大的建筑工地。震后不到一个月，党中央做出举全国之力支持灾后重建的决策，明确"一省帮一重灾县"的援建机制，18个省市对口援建18个重灾县。民政部出台了《四川、甘肃、陕西三省地震灾区农房倒损恢复重建规划》，计划用1—2年时间基本完成三省农房恢复重建并提供相关经济补助。

那天傍晚，我打了一辆出租车从北川往绵阳去，车主是一位清秀的高个子男士，我好奇地问他，为什么眼角有那么多小颗粒。他说，儿子和妻子离开一年了，天天流泪，眼角长了湿疹。他每个月为妻子的手机交5块钱话费，把天气预报和短信业务取消了，想念妻子和儿子的时候，就拨打妻子的手机，响3声就按停止键，这样能保证在"您所拨打的用户已关机"响起之前挂断。然后，他掏出手机，给我看一家三口去北京旅游时拍的照片，并且反复念叨，幸亏带儿子去过北京。

转眼已经9年了，今天走的这条道路正是当年那位年轻父亲载我走的那条路，如今他在哪里？还给妻子打电话吗？9年，山川披上了新装，而那位情深义重的父亲，是否也重组家庭，有了新的生活目标?

终于到达目的地,车在禹里镇绕了好几圈,一会从大禹纪念馆前经过,一会从红军纪念馆前经过,一会从镇政府门前经过,询问了机关干部、街道居民、饭店老板,似乎人人都听说过小宋,但人人都不知道小宋家在何方。

告别司机,独自打探,终于在一长排外表没有贴瓷砖的楼前停住,楼有四层,一家连一家,亲密无间,却无人影。站在楼下给小宋打电话发短信,电话没人接,短信不见回。仰起脖子喊叫,无人应答。绕着楼房又转了数圈,终于有人指点了具体门面。

和邻居一样,小宋家的一楼门脸也悬着卷闸门,稍微风吹雨打就哐哐哐哐发出声响,屋里竟然堆着小山样的花栗树劈柴,人只能斜着身子挪步。楼道狭窄弯急,得扶着栏杆拾级而上。忽然,额头响起叮咣叮咣的声音,似有节奏,却无章法。不是脚步声,更不是猫狗的嘶鸣,在寂静黯淡的楼道愈加清脆、落寞、单调。

叮咣,叮咣。一声,一声,敲打头皮。

仰起脖子,疑惑地张望,最先发现的是一根棍子,然后是另一根棍子,叮咣,叮咣。哦,不是棍子,是双拐。

立即止步,眼睛差不多都碰到拐杖了,叫了一声:小宋。

她声音有些微弱:短信我回不了。

再次仰望拐杖,双腿,双脚,不知道如何接话。

·岩兰花开·

叮咣，叮咣，我跟在拐杖后面，仔细瞅着黑色胶皮包裹的杖根。

上到 4 楼，打开门，房间宽敞，采光很好，有室有厅，电视冰箱沙发茶几一应俱全。她把拐杖靠在墙上，我们并排坐在灰色暗花布艺沙发上，我这才仔细打量她，瓜子脸，白皙，温棚中甜瓜那种好看的白。一只耳朵戴有灰色耳蜗，头发扎在颈后。

我说明来意，打开录音笔，请她讲讲自己的情况。

她用浓郁的北川话，郑重其事地说：我叫宋 ×，家在北川县禹里镇 × 村 × 组，今年 28 岁，羌族。

然后，就停住了。

停得毫无来由，空空洞洞。

我不得不提醒：请继续，家里有什么人？

她说：有爸爸妈妈弟弟爷爷婆婆，说起他们就要哭，从医院回来这么多年，他们对我很冷淡，不跟我说话，爸爸 48 岁，妈妈 47 岁，弟弟 26 岁。当时我在镇上的理发店给人理发，房子塌了，跑出来的时候，头和腿受伤了。

说完，就哭了起来，呜呜地哭。

经验告诉我，小宋跟其他人不一样，如果让她一个人连续不断地讲述，肯定不可能，那么就一问一答吧。

我拍着她肩膀，安慰一番，哭声停止以后，继续交流。

我：爸爸妈妈去哪里了？

宋：不知道，他们早上出去，晚上回来，有时候会走好几天，原来搞不清干啥，地震过后应该在镇子附近干活，做塑料，我不问，问了他们也不开腔，有时候他们会说去哪里干活，我也不想回应，因为我生气，他们对我太冷淡了。每天都是我一个人在家，自己做饭，找一点菜如果能吃就吃一点，找不到就算了。咳嗽的时候，他们会问是不是感冒了，下雨天会给我买药，平时都是我自己去买。已经有三个星期没有跟我说一句话了。

我：那他们平时在家干啥？

宋：耍手机，看电视，我跟他们说话，他们还是低头耍手机，只有家里来客人和弟弟回家，他们才有说有笑，才跟我说话，客人和弟弟一走，就没人说话，没有笑声了。

我：你们一直住在镇上吗？

宋：没有，以前住在山上，离这里坐摩托车十多分钟，地震以后搬到镇上住，山里还有房子，爷爷婆婆跟我们分家了，还住在山上。这里的房子啥时候修建的，也不知道，我住院的时候姑姑告诉我，从1楼到4楼都是我们家的，属于自建房，政府给一些钱，自家出一些钱。

我：你读过几年书？

宋：小学读完了，初中一年级只读了两个星期，我妈就不让我读了，那一年我14岁。从记事起，家里每年喂两头猪，八九岁？六七岁？四五岁？反正很小的时候，跟灶台一般高，起床以后先扫地，然后打猪草，剁猪草，抱柴烧火，烧开水，搅面汤。搅面汤的时候够不着锅沿，站在小板凳上，把搅好的面汤倒进猪

·岩兰花开·

食桶里，拿棍子搅拌均匀，爸妈回家以后把桶提去喂猪，我太小了，提不动。上学以后，每天放学也要干这些活，先把猪食准备好，等他们回来喂猪。农闲的时候，他们会多干一些家务。那个时候我还是个孩子，他们光让我干这些我不喜欢的事，一点快乐自由的童年也没有。地震以后就不喂猪了。有时候恨我爸妈，有时候不恨，他们年龄也大了，我爸体弱多病，我妈为什么不让我多读几年书呀。

我：你是妈妈亲生的吗？

宋：是的，应该是吧。我跟我妈不和，从小没有同伴，天还没有黑跑回来，我妈就让我跪倒，不让我吃饭，腿都跪麻木了不让起来，有时候跪倒就睡着了，没有人拉我。为什么我弟跑出去玩就不罚他，天黑了他回来都不打他，只打我。小学的时候星期天，作业也不多，要忘记了，一棒棒打来，喊我跪倒，我就跪倒。如果我说错话，吐口水，骂人，就打我嘴巴，掐我舌头。让我把舌头伸出来，喊一二三，喊到三，就掐。我骂人也是跟大人学的，眼睛看，耳朵听，大脑记，就学会了。她是个要面子的人，不太当着外人打，当着外人打也不厉害，总是在屋里打我，每一次都打得凶，没有不凶的。我爸不打我，弟弟也不打我，从小到大，我妈对我说得最多的话就是，你听不听话，你听不听话。现在不问了，就是不跟我说话，呜呜……为啥不让我读书，为啥不让我读书，我想把伤飘到脑后头，可飘不走。噢，阿姨，把我小时候的事去掉，别写到你文章里，毕竟是我妈妈，但心里太难受了，每个家庭教育方式不同，可能我妈就这样吧。

我：爸爸妈妈读过书吗？

宋：我不知道他们读过没有，地震以前没有想过这个问题，现在会想这个事，但从来不交流、谈心，不清楚。

我：妈妈小时候挨过打吗？

宋：肯定挨过，小时候听她说过，外公外婆也打她，我们这种山里人，尤其是女孩子，很少不挨打的。

我：爷爷婆婆对你怎么样？

宋：从记事到现在，没有任何人抱我一下，连肩膀都没有搂抱一下，爸爸妈妈爷爷婆婆都没有。

我：现在妈妈还打你吗？

宋：老天爷可能知道我的状况，老天爷爱护我，发生了地震，给了我双拐，自从拄上拐杖，我妈就不打我了，我也干不了啥事，好感谢双拐呀。以前他们不给我加油，现在不骂我，不发脾气，就是不跟我说话。最多说一句，没有第二句，接不上第三句，可能知道我是聋子，说啥也没用，取下耳蜗啥也听不见。地震以后治疗两年多，没有和家人在一起，心想回来跟他们增加感情，希望他们多说话望着我笑，了解我需要啥。其实有人跟我说话，我还是乐观的，今天你跟我说话，我好高兴，三个星期都没人跟我说话了。

我：治疗情况怎么样？

宋：地震受伤以后，出山的路不通，5月18日被直升机送到

·岩兰花开·

眉山的医院，没过两天就转到成都的华西医院，然后我被抬上专门拉地震伤员的火车，转到江苏一家医院，具体医院记不得了，腰里面夹了钢板，胸上插了管子，瘀血放出来，抽了好大好大一桶血。双腿萎缩没劲，大小便不是很好，好几天解一次大便。小便流出来不知道，没有感觉，走路太慢，跑不赢，所以我很少下楼，我妈也不管。

我：例假正常吗？

宋：一个人在家的时候例假正常，如果爸爸妈妈在家，看见他们心情就不好，例假量就少。

我：耳蜗是哪里来的？

宋：耳蜗、轮椅、拐杖，都是国家免费给的。耳蜗需要装电池，如果没电了，啥都听不见。两个月需要4板电池，1板有10粒，因为我经常去那个商店买，就优惠我，4板80元。每两个月买1次，要到绵阳去买。从禹里镇到北川新县城车票是13元，从县城到绵阳是9.5元，一个来回加上买电池的钱，差不多花掉我两个月的残疾人护理费。以前在医院治病的时候，有个病友姐姐在绵阳，烦闷的时候会找她玩，她比我的情况要好一些。我是一级残疾，每个月有八九十元残疾人护理费，这几年好像涨了一点，这个钱我自己支配，其他应该还有低保，和爸妈的在一起，我妈管着，我也不知道有多少钱。

我：弟弟情况怎么样？

宋：爸爸妈妈从来不打我弟弟，弟弟是我妈手心里的宝，小时候弟弟骂人，也不知道跟谁学的，我妈就打我，说是我教的。从小让我干活，不让弟弟干，让他读书，不让我读，一次都没有表扬过我，所以我学习不好。我受伤的时候弟弟读初中，我们俩也不交流，后来才知道他读过技校，现在在汶川学理发，没有找女朋友，不知道有没有女孩子到我们家来过。

我：弟弟关心你吗？

宋：前一阵子他买了几斤车厘子，汶川的车厘子很多，一家人都吃。他回来我会偷懒，不愿意下楼，让他帮我买泡面和凤爪，弟弟给我买东西喊我拿钱，如果不给他钱，他不会给我买。

我：你谈过恋爱吗？

宋：没有。那个时代不一样，山上人家，一户与一户距离远，没有什么女孩子，从小没有朋友，也不认识人，地震以前去过县城和绵阳。住院的时候医生护士志愿者对我好，回到这里，碰见小学同学，会跟我说几句话，其他人基本上不跟我说话。我能感觉得到，屋里人倒希望把我嫁出去，但没有人提亲。我听我妈安排，我妈说像我这种情况就算了。

我：为什么不去县城的康复中心？

宋：我在康复中心待过，就我一个女孩子，跟他们玩耍不到一起，他们打牌聊天，也有羌绣编制灯笼啥的。他们坐轮椅，看到轮椅我恼火，坐轮椅轻松，家人不让我坐，我说坐一会，也不行，让我走路。

我：平时你干些什么？

· 岩兰花开 ·

宋：我自己能洗衣服洗澡做饭，还会羌绣，你看我头上的红花就是自己绣的，绣了两天半，低头绣花颈椎难受，绣得不多，坐久了腰痛，阴雨天疼痛更凶。晚上睡觉，白天也睡觉，耍手机，看电视，喜欢看《奔跑吧兄弟》《爸爸去哪儿》。

我：以后有什么打算？

宋：我没有文化，不知道以后干啥，一个月前在手机上帮人家填快递单子，一天挣15块钱，但有的字不认识，打不出来，你刚才发给我短信，我都没办法回复。我妈为啥不让我读书，你说她为啥不让我多读几年书呀，我能有啥打算呢，阿姨，我不知道呀。呜呜……

望着她无辜无奈、一会哭一会笑、白皙漂亮的脸庞，还有什么可问的呢，问什么都是残酷的。关掉录音笔，合上记录本，长长地出一口气，然后说，用一下你家卫生间。

进去，又快速跑出来，惊得我语无伦次。

一迭声地问道：你家不是自建房吗？为什么是蹲坑，而不是坐式马桶？挂双拐不是不方便下蹲吗？怎么没有冲水，今天停水了吗？

她歪在沙发上，笑眯眯地望着我，一副心平气和的样子，不慌不忙地说：我姑姑说是自建房，他们修什么房子我住什么房子，我不知道他们怎么装修的，桶里有水哩。

我说：你为什么不住一楼，你家一楼不是堆的柴火吗？

她依旧悠悠地说：不知道，我妈怎么安排就怎么样吧。

停顿了瞬间，我提高嗓音：你知道你和大禹是老乡吗？

她再次笑出声来，然后说：是的，我们这里就是大禹故里。

我没有与她握手告别，只是挥了挥手，掩上门，扶着栏杆下到一楼，斜身走过花栗树柴火堆。

6月的阳光有些热烈，眼睛有点睁不开，揉搓了好一会，才适应过来。

独自走在街巷里，有一些人，有一些店铺，有一些开败的栀子花和一座新的寺庙。不知道走了多久，掏出手机，给李春打电话。

我说：请问在你能力范围内，能不能帮助一下小宋？

热情的声音立即响起：好呀，好呀，我尽最大力量帮助她，杜老师你问一下她，是缺钱还是缺吃穿？

是啊，她缺钱还是缺吃穿，需要帮她什么呢？

不想结婚

小张：男，1988年出生，土特产商店网络销售员，双腿膝下截肢，假肢行走，一级残疾。

2018年6月15日上午9点，按照事先约定，我早早地来到北川新县城巴拿恰商业街。

我对见到小张充满了"饕餮之心"，因为不管在汶川、映秀、都江堰、绵阳，还是北川，采访都非常艰难，随身带着的介绍信都被我翻裂了，却依旧和废纸功效没有两样。寻求相关机构帮助，要么说不由他们分管；要么说得有主管部门的正式函；要么说这事由某人负责，某人出差了。然后，会安慰似的补充一句，5·12是个敏感话题，都过去这么久了，为什么还要揭伤疤呢？往往列出十个受访人，连一个都见不上。联系采访对象的时候，要么生硬地被拒绝；要么开始答应，临到见面的时候手机关机；要么让我在单位或家门口等待，坐在门前的台阶上看完一个短篇小说，还不见人影。遛狗的人从身边经过，歪着脑袋看我，狗还汪汪叫几声，返回的时候，狗不但不叫，还把嘴往我腿上蹭。所以，我的包里总装几张报纸，等人的时候自己坐，等到人以后，礼让对方坐。

巴拿恰商业街是仿古一条街，羌式碉楼是新的，喝酒的铜质雕塑是新的，大禹治水的金色塑像矗立在禹王广场上，在初升的太阳下熠熠生辉。小张上班的土特产商店很好找，门面宽敞货品整齐，两位年轻漂亮的女店员对我非常热情。我问巴拿恰是什么意思，扎着马尾巴的微胖女店员说，羌语的意思是做买卖的地方。正说着，一位略显消瘦、戴着眼镜的中等个子小伙子，一瘸一拐两手空空地走了进来，微笑中，我们打了招呼。

他顺手从货架上拿了两个饼干盒样子包装的食品递给我，笑着说：非卖品，你吃吧，我不喜欢吃，腊肉片太干了。

微胖的女店员问他吃早点没有，想吃啥，给他买。

小张说：我点外卖，你们吃啥，我一起买。

对方笑呵呵地说：我们吃过了，你要你的就行了。

我和他面对面坐在竹编靠椅上，我嚼着干腊肉，他低头在手机上搜索外卖，放下手机以后高声说：李幺妹，我要了小笼包子和米线，包子多，一块吃哈。

然后又笑着对我说：我用四川话跟你说，听得懂吗？

我笑着回答：听得懂，听得懂。

他便开始了讲述，整个过程轻松流畅，常常发出呵呵的笑声。

·岩兰花开·

我家在北川擂鼓镇吉娜羌寨那里，尽管北川叫羌族自治县，大部分还是汉族人，我就是汉族人，家里有父母和一个姐姐，父母现在70多岁。我高二的时候不想读书，跟叔伯家一个哥哥到阿坝州茂县学装修，室内外装修都学，干了3年。2007年到成都，还干装修。地震前一阵子成都热得出奇，公司放假，5月8日回北川避暑，12日中午我妈在地里翻红薯垄，让我给她热饭，我把米饭热煳了，结果吵了一架，就搭乘一辆客运车到县城。到了县城汽车站，又坐了一辆人力三轮车到县交通局旁边的网吧，网吧在一楼，走到吧台，刚摸出身份证准备上网，钱还没有给，就感觉上下波动，跳了几下，房子就下沉了。

我被埋在下面，不知道怎么回事，因为从来没有经历过地震，埋了三天三夜，三天中一下都没有睡，一直醒着，不敢睡，害怕睡着了醒不来，也没有流泪。被埋的十多个人都不认识，大家互相鼓励，说如果出去给大家的家里捎话并告诉了家人姓名和地址。后来，我出来了，忙着治病，没有给那些人捎话，再后来，记不起人名和地址了。

哎哟，两只腿都装的假肢，都在膝关节以下，有点痛。李幺妹别在这听，你在旁边，我讲不出来，老想笑，呵呵。

埋在下面很绝望，想起小时候不听话，我妈经常说，你不听话，以后死的时候连爸妈都见不上，都喊不了一声。当时脑袋里总重复这句话，越想越难受，越想爸妈。外面有人喊自己家人，能听见喊声，但他们听不见我们的求救声。后来是生命探测仪探到我的，还有搜救犬，发现有活着的人，搜救队就插一杆旗子，搞不清插的是红旗还是绿旗。他们在外面说的每一句话，我都听得一清二楚，所以就记住了。埋在网吧的十多个人，就活了我一个，是江苏消防队救出我的。

救出来的时候眼睛被蒙住，可能怕我有内伤，没给吃没给喝。听见当兵的用担架把我抬到北川中学那里，然后上了救护车，到了绵阳市第三人民医院，就晕过去了。当时我爸要到县城找我，路已经封了，只准人出不准人进，所以爸妈没有我的消息。清醒以后，只记得我姐的电话，护士给我姐打的电话，电话拨通，我叫了一声姐，我姐不敢相信，急忙问我是谁，我说我是你弟。我姐非常激动，护士看见我激动，一把抢过手机，告诉她我在什么医院。我姐告诉了爸妈，怕他们受刺激，姐姐和姐夫来看的我。

第10天要转院，姐姐姐夫要上班，只有让我爸来陪护，家里房子垮了，我妈在家忙活。我被转到江苏101解放军医院，又转到南京军区总医院，又转到四川省人民医院，双腿没有截肢，一直保守治疗。2009年10月双腿实在保不住，才在省医院截肢。

哎哟，电话来啦，外卖问地址哩。前一阵子才换了一条新假肢，不怎么习惯，我把假肢取下来晾一会，你看，伤口流血了，磨坏了。

·岩兰花开·

在医院治疗一年多，大小便都不知道，每天挂着尿袋，说起来也是奇迹，忽然有一天尿袋快速装满，我爸赶紧喊来医生护士，把尿管拔出来，我就能自己小便了。现在只有腿不方便，其他啥都正常，每年到县医院或县中医院体检一次，后期治疗报销一部分，省医院专家给我们会诊检查，假肢由香港一家基金会支持，截至目前已经换了3次假肢。说起治疗，截肢手术，专家护士的工钱，各种药费全免，在县康复中心免费康复，国家还专门出台政策，对困难残疾人给予生活补贴，对重度残疾人员护理给予补贴，我是一级残疾，尽管能自理，也在补贴范围内。这样算来起码花费一两百万元，有的病友花得还多，两三百万的都有，全是政府买单。要是自己意外受伤，哪有这么多钱治病，以前觉得国家和政府比较抽象，现在感觉国家是一个大家庭，政府是照顾我们的人。

我2010年出的院，出院3天就过春节了，最悲观的是在医院住院期间和刚回家那一两年。我爸买了一台电脑，台式的，放在床边，我天天上网，看电视，打游戏，聊天。懒得下床，爸妈把饭端到床上，我就在床上吃床上喝，吃完饭，把碗筷往旁边一推。最长时间整整一年没有出门，天晴下雨都不出去，也不到院子里晒太阳，上厕所也坐轮椅。整天啥也不想，活一天算一天。爸妈看我这个样子就吵，我心里不服气，我爸骂我以后死都要死在电脑跟前。以前我视力挺好的，因为每天上网，连电灯绳子都懒得拉一下，屋子比较暗，不见自然光，后来出来上班，阴天还好一点，一出太阳眼睛干涩疼痛，就想用手去揉，看啥都模糊，散光厉害。

我爸说我之前那些朋友都是狐朋狗友，的确是这样。有一段时间，我特别孤单，想找人聊天，费了好大劲乘车 20 多公里去找朋友，他们都是网瘾少年，我因为在网吧受的伤，对网吧特别排斥，他们在网吧打游戏，我在里面看了两天电视，没有谁跟我说话，更没有人安慰我。原来耍得特别好的朋友，包括茂县搞装修的一些同事，直到现在没有一个人来看过我，没有一个人打过电话，我觉得没必要再跟他们来往，就删除了他们的电话。不过我也能理解，人家都成家了，忙自己的事，不可能一天跟我一样瞎玩。2011 年到 2012 年是我们家最艰难的时候，我和爸妈关系非常紧张，吵架是家常便饭。当时不理解，现在能体会到他们的煎熬，想起来都愧疚。

2013 年初由香港特别行政区政府援建，地方政府具体管理的北川残疾人康复中心投入使用，康复治疗师田中凯打电话让我去做康复，心想每天跟爸妈吵架也吵烦了，第二次接到电话就去了。田中凯是青海人，在绵阳读完大学，毕业以后考到北川工作，年龄跟我相仿，交流很愉快。我是康复中心第一个病人，大家对我很热情，问我愿不愿意去上班，他们帮我咨询联系。6 月就到北京一家设在北川的茶叶公司上班，把在当地收购的茶叶卖出去，赚的钱用于老弱病残人士，属于社工服务性质。

那时我天天坐轮椅，坐了好几年产生了感情，有依赖，坐轮

·岩兰花开·

椅轻松，轮椅就是我们的脚，到哪里都带着。有假肢，不想穿，根本不想走路，怕累。办公室在二楼，同事就扶我上楼或背我上去。他们对我平等友善，跟我聊天，开玩笑，一起吃饭一起玩，我才发现上班原来这么快乐，加上治疗师用心帮我，我的性格发生了巨大变化。

我姐不让我坐轮椅，让我挂手杖，两个手杖，挂了两三年，这一两年才把手杖丢了，戴着假肢走路，已经习惯了。

上班一年半以后，那家公司撤走，回家玩了半年，觉得无聊，又跑到康复中心。后来到一家茶叶厂上班，一个多月以后在网上找到这份工作，从2017年2月一直到现在。这家公司有5家实体店，分别开在绵阳、德阳、安昌、北川等地，主要销售腊肉、香菇、木耳、茶叶等土特产。我负责网络销售，夏季是淡季，10月才到旺季，网上比实体店销量少。老板是个女的，40多岁，也是地震伤员，伤情比我还惨，特别心疼我。

哎哟，外卖终于来了，给你们买的小笼包子咋不吃，米线味道不错，哎，李幺妹，帮我拿一坨纸嘛。

我们家是自建房，政府根据受灾家庭的经济状况和人数实行分类分档补助，我们家有几万元补助，如果没有这笔钱，根本修不起那样宽敞的房子，退耕还林以后地很少，房前屋后一点边边地，爸妈种点蔬菜够自家吃，他们领养老保险，每人每月能领900多元，啥事不做也不会饿着，有人叫他们干零活，路边扯扯草也会去的。我跟我姐都不希望爸妈累着，健康就好。

我每月保底工资3000，加提成，平时一个月能拿4000多元，春节前后三四个月每月上万，不为挣钱，有个工作要开心一点。我这个人本来就好吃，挣的钱基本上让我吃喝玩乐了，呵呵，我的思想就是怎么开心怎么活，但谁不想多挣钱呀。自从上班到现在，一直在县城租房住，前几年租在三楼，假肢爬楼梯也很方便，今年才租了一楼的房子。房租一年一万左右，跟一个朋友合租，男的，是位医生，100多平方米，北川房租不贵。

哎哟，同事给我发信息，说卖货的事。呵呵，没事，我们继续聊，李幺妹，小笼包子吃完了，帮把垃圾拿走噢。

感情方面嘛，不想考虑，地震以前谈过，那个时候不到20岁，在茂县搞装修的时候谈过两个，只是耍着玩，没有想过结婚，没有婚姻概念。现在有概念了，朋友让我相亲见面，我不去。有几个女孩子喜欢我，李幺妹她们都知道，可能是地震后遗症吧，反正不想结婚，怕给人家添负担，不想承担责任。爸妈担心的是他们走以后，没人照顾我，我说这辈子别催我结婚，那么多单身过得好好的，他们也不提这个事。

现在我朋友挺多的，有公务员、医生、老板，一点都不孤单。早晨睡到自然醒，因为我在网上销售，到不到店没关系，到店里来，有同事聊天，热闹。顺路到早餐店吃早点，中午大家一起在店里做饭，有时候到康复中心去吃，我是地震伤员，政府

· 岩兰花开 ·

有政策，吃住优惠。晚饭出去吃，几乎天天如此，七八个人一起吃，今天这个付钱，明天那个付钱，我要付，他们不高兴，开车出去旅游，也不让我掏一分钱。你看我微信朋友圈就知道了，每天都晒好吃的。以前火锅是我的最爱，天天吃都不厌。2014 年到 2015 年，每顿饭喝一斤白酒，啤酒还要喝，现在只喝啤酒，不喝白酒，火锅也吃得少了，如果头一天吃火锅，第二天必然会拉肚子。

我做饭水平很高的，有时候在家里做，把朋友叫到一起吃，你看我手机拍的，这些肉啊，鸡啊，都是我做的，全是荤菜，个别人带女朋友，大部分跟我一样，一个人吃饱全家不饿。平时一个人在家，也要炒两三个菜，我不亏待自己。做饭的时候打开电脑放歌听，喜欢听励志的网络歌曲，节奏较强的和伤感的歌曲也爱听，不会追星，喜欢看家庭生活类的电视，不喜欢穿越剧神话剧，科幻片也不喜欢。除了工作需要，一般不动电脑，不打游戏，更不进网吧。

你看，现在才早上 10 点多，朋友微信就来了，约晚上吃饭的地点。大家都喜欢跟我聊天，比如今天认识你，留个电话，下次吃饭把你叫上，大家就认识了，滚雪球一样，朋友越来越多，你要是愿意，晚上跟我们一起吃饭，一下班就去，店里晚上 7 点关门，我 4 点多就能走。

据我了解，跟我一样大的年轻伤员，有的依旧躲在家里不出门，这种情况女孩子多一些。有的脾气暴躁，看啥都不顺眼，认为全天下人都欠他的。有一个小伙子，一条腿好好的，一条腿假肢，衣来伸手饭来张口，连裤头都让外婆洗。比我更小的伤残人员现在正处于叛逆期，心理问题可能更多一些，孤儿更可怜。

地震孤儿的去向大致有三种：一种是被爷爷奶奶叔叔舅舅这些亲戚抚养；一种是进福利院；一种是被不相干的人领养。第三种去向的孤儿有的生活得不错，有的跟领养人相处不融洽，动不动就出走，有的自卑胆小。孤儿们心理多少都有问题，命运完全改变了，伤残孤儿更严重，身体疼痛，心无所依，一辈子都难以解脱。

地震十周年的时候，记者挺多的，每天都有各种采访，唉，你们来，我还是很欢迎的，你这么问这么记录不要紧，我最怕录像的那种，我不喜欢出名，上次电视台的记者来录像，然后发到网上去，我就不喜欢了。我网上朋友多，网友不知道我是残疾人，我想靠自己双手生活，人家知道以后会同情我。网上聊天我从来不说自己是5·12伤残人员。他们问我是哪里人，我说绵阳的，绵阳哪里的，北川的，那边地震没事吧，我说我运气好，没事。知道我具体情况的，一般是现实生活中的朋友。

网上我只告诉过重庆一个哥哥，他跟我同年，比我月份大，他来看过我好几回了，我也跑到重庆去玩过几次。那个时候在家里，大概是2012年吧，我天天上网，他问我不上班吗，怎么随时都在网上，以为我是富二代，不用干活。我们每天打游戏聊天，慢慢熟悉以后，我才说了实情。他不相信，跑过来看我，我爸妈

·岩兰花开·

帮人家干活不在家，他就帮我们做饭干家务，感情越来越深，把我当亲弟弟看待。

我现在很幸福，生活太好啦，不管男女朋友，没有谁把我当残疾人，每一天都过得开心，跟爸妈姐姐关系处得特别好。外地客人来我们店，喜欢问地震的事，我也不会伤心，当然，一个好好的人，几秒钟就变成这个样子，想一想还是挺伤感的。但已经是事实了，脚已经没有了，没有人帮你长出一双脚，只能勇敢面对，好好珍惜现在，快乐生活。另外我要特别感谢家人和医护人员，还有国家对我们的治疗和康复政策。

初二女生说

小萱：女，1994 年出生，地震时读初二，备考公务员，一只脚残疾。

下面是小萱的讲述。

（一）从萱儿宝宝到萱姐

我家在北川县禹里镇，那个时候还叫乡，说起叛逆，还是有感触的。爸爸妈妈是乡村教师，一个教小学，一个教中学。我小学是在镇上读的，成绩在同年级数一数二，从一年级到六年级都是班长，还是大队委，升国旗的时候是旗手，还代表学生讲话，年年都是三好学生，只要在校园里，见到的全是笑脸，每年考上北川中学的只有两三个学生，我是其中之一。北川中学毕竟比乡村学校教学质量高，尽管特别害怕离开父母，最终还是遂了父母的愿，进了北川中学。

·岩兰花开·

到了陌生的环境，显得无所适从。初一年级的教室在一楼，宿舍在另一栋楼的五楼，每天提一桶冷水，再提半桶热水，冷热水兑好以后，在宿舍洗脸洗头，这是以前从来没有干过的事。对父母有一点点反抗，但不明显。到了这里人人一个样，没有一点受宠爱的感觉，更无被捧在手心的滋味。最难以忍受的是随时都会想父母，每天哭，比一般孩子哭得厉害，从早到晚哭，给爸爸妈妈打电话的时候哭，无人接听哭，手背划伤了哭，头发没有干也哭。同学就劝我，萱儿宝宝，别哭了，周末就回家了，回家就投入妈妈怀抱了。

父母没有心思上班，从禹里镇坐车到学校，站在教室外面看我，显得非常无奈，爸爸看起来跟我一样难受，说干脆回禹里镇读初中，妈妈比爸爸显得狠心，让我坚持一阵再说，毕竟要离开大人的。这是当时全家最大的困扰。

第一个叛逆期是对父母的依恋，随着对环境的适应，慢慢沉静下来。从同学口中知道，马上要面临第二个叛逆期了，表现形式是对父母意见的漠视，第二个叛逆期来的时候，地震爆发了，那个时候我 14 岁，读初中二年级。

地震一发生，通信中断，我在北川中学，父母在禹里镇，两地相距不到 20 公里，余震不断，山石滚落，道路无法通行，他们要出来的话，得翻 5 座山。有人在路上被泥石流掩埋，被落石砸死砸伤；有人冒着生命危险进山回家；有人不顾安危徒步出山寻找亲人，山里山外音信隔绝。

我当时正在一楼教室上课，跑到门口的时候，完全站不住，门已经变形，无法正常进出，我就一路爬行，已经爬出教室了，因为楼上碎物不停地往下落，我头部和腿受伤，满脸都是血，头并不痛，以为是蹭到同学的伤口了。教学楼有5层，1—3楼沉在地表以下，上面2层碎了，落了下来，我其实在地表以下那个部位。教室门前有块草坪，爬出教室的时候看见草坪慢慢升起来，然后就漫过了头顶，前面就是一个高坎，看得见，却上不去。意识告诉我，这是一场很大的地震，似乎只有北川中学受灾，一会就有人送我到县医院，爸爸妈妈就会来看我，心里还有点小窃喜，然后一直被埋着，一直被埋着，没想到也波及禹里了。

爸爸有个同学，关系一直很好，我从小就认识，他在北川中学教书，通过一条缝隙，向废墟里面喊话，还叫我的名字，听见他的声音，就请他给我爸爸打电话，他说没有信号。有一个人终于翻越5座山，回到禹里，爸爸也认识，所有人都抓住他询问情况。这个人的女儿也在北川中学上学，他是拉住女儿的手，看着女儿去世的，这对他打击特别大。所以他说，北川中学没有活着的人了，你不要去，去了会更难受。全家人就沉浸在失去我的痛苦之中。

我有个表妹，也在禹里，我妈妈每天抓着她的手，不停地问，你说你姐姐还在不在呀，你说你姐姐还在不在呀，她不敢说在，也不敢说不在，只有沉默，什么也不说，我妈妈就开始哭。趁我妈妈稍不注意，她就躲起来，见到我妈妈就跑，特别害怕

·岩兰花开·

听到我妈妈的哭声，更害怕见我妈妈。这是表妹从出生到那个时候，第一次经历悲伤和恐惧，直到 10 年后的现在，每当想起来，她都心慌气短，手足无措。

当时我们被埋的小空间里有 3 个人，我和另外 2 位同班同学，身体下面还有 1 位，但我一直不知道他是谁。当时地面裂开了，一个很好的同学掉进裂缝中，地面瞬间又合上了，她只露出一个鼻梁。我用手刨，以为鼻子盖住了不能呼吸，就把脸和鼻子刨出来，看她一点呼吸都没有了，也没害怕，只是知道她去世了。后来我处于昏迷状态，人在昏迷时有种奇怪的感觉，就是老往下坠，一直坠，好累好累，觉得落到地上，就会舒服，心里明白，往下坠的时候凭自己的力气是无法睁开眼睛的，一旦感觉坠到地上，就是死了。如果有人喊你的名字，就会清醒一些。我就和旁边同学互相叫着对方的名字，叫了一会，他没有回应，没过多久，我也昏迷了。

我不知道什么时候被救出去的，因为失血太多，完全昏迷，那个空间获救的只有我一个人。到医院以后，碰见小学一个曾经的校长，我问他禹里情况怎么样。他说禹里房子全部塌了，一个活着的人都没有。我就说北川中学房子垮成那个样子，我都活着，爸爸妈妈可能还会有希望。他又说，没有希望了，唐家山堰塞湖的水已经漫过去，禹里镇全部被淹了。我就想房子垮塌，又遭水淹，人肯定没有活着的了。

当时的情况就是，爸爸妈妈以为我不在了，我以为他们不在

28

了。我躺在绵阳一家医院，腿不能动，一只脚上的皮肤没有了，医生问我爸爸妈妈叫什么名字，家在哪里，我都记不得了。志愿者问我家人电话、自己的手机号码，要帮我写寻人启事，我也说不出来。我们英语老师来照顾女儿，她女儿一只脚截肢，她来来回回路过的时候，我认出了她，像见到了亲人。她照顾女儿的同时也照顾我，我对她说爸爸妈妈可能不在了，她说以后我女儿就是你姐姐。

爸爸妈妈哭了几天几夜以后，做出一个决定，得找女儿，哪怕是尸体，也要背回去，爸爸和我二爸往山外走，妈妈在家等消息。山外的幺爸也往山里走找他们，亲戚告诉幺爸，我已经被救出来了，他们在一个山坳相遇，二爸返回禹里，告诉家人我活着的喜讯。我爸和幺爸到绵阳挨家医院找我，找到以后，妈妈也来医院了。我仿佛又回到童年，被捧在手心的感觉油然而生，撒娇的状态又续接上，每天把脸放在妈妈怀里，蹭来蹭去，睡觉的时候要妈妈陪伴。经常跟妈妈要零食吃，今天要个冰淇淋，明天要喝什么牌子的牛奶。进手术室之前，给妈妈说你给我买个可爱多牌子的糖，我回病房以后要吃。

好不容易走出了第一个阶段叛逆期，还没有正式进入第二个叛逆期，一下子又拉回到过去，这也是一件神奇的事，地震消灭了我的叛逆期。

脚做了几次手术，2009年还坐轮椅，现在一只脚底没有知觉，不停地破，破了也不知道，走路有点一瘸一拐，头部和身上的擦

· 岩兰花开 ·

伤已经痊愈。再次坐进教室，留了一级，没有住校，在外租的房子，爷爷奶奶照顾我，爸爸妈妈每周会来绵阳看我。地震以前父母对我要求很高，希望我学习好、品行好，在同学中出类拔萃。地震以后希望我人好着就好，对我非常温柔，说话心平气和，我对他们也很依赖，话多话少都不重要，陪着我就好。

治疗和康复期间，学生伤员像熊猫一样受保护，大家怕我们受刺激，不让看电视报纸，不让打听地震情况。众多爱心人士来探视，对我们也小心翼翼，只给我们讲笑话和看喜剧，哄我们开心，心理的创伤被包裹起来。所以，那一段生活特别单纯，出院以后，也不想复原断片期间的人和事。

我小学是个受宠的孩子，初一到地震前，学习中等，失落感强烈，现在又留一级，头部受伤产生失忆，更不适应。和同学才分开一两个月，竟然叫不上对方的名字。留级以后，原来的班级打乱分班，直到现在都不知道原来班上哪些同学还活着，哪些去世了，只是在学校碰见原来的同学，打声招呼，默默地想，哦，他还活着，她还活着，还有谁活着呢？但我不会问，我们也不互相打听。

老师让听写英语单词，我连黄色红色都写不出来，非常着急，妈妈说不要紧，不是你不会，是受了惊吓，一时忘记了。又找来初中一年级的课本复习，老师同学都经历过那场灾难，大家互相体恤，后来，我学习成绩提升了，初二初三都是年级第一名。

重返校园，我们从经历过苦难的少年，一下子飞跃到感恩社会的群体，社会责任感逐渐增强。身体似乎还是少年，心理完全改变了，不是少年，不是青年，也不是成年人，是一种无法严格界定的人群。

受伤的时候，并没有多难过，觉得活着就好，感觉我是庆幸的。父母、医护人员、志愿者的关心，让我觉得特别受宠，在家的时候，看见一只蜘蛛，会喊爸爸赶紧拿掉，感觉像六七岁。但在同学面前又是另一种面孔，碰见蜘蛛，伸手一掌就打死。留级以后在班上年龄偏大，成绩又是第一名，大家总让我出主意，显出大姐大的样子，不知不觉地就自信起来，同学们觉得我坐着轮椅还那么坚强，纷纷叫我萱姐。

（二）不会哭的女孩

几年以后，忽然想起，那种坚强，其实不叫坚强，准确地说叫麻木，因为不知道痛，不痛自然就坚强吧。以前我是个爱哭的女孩，看到蜻蜓折断一只翅膀都要流泪，重返学校以后，不伤心不流泪，不知道怎么哭，大家说我好坚强啊。我没办法跟所有人说，也不知道跟谁说，这种情绪一直持续到大学阶段。

小时候爱哭，是感性所致，那一段时间没哭，是没有想哭的冲动。哪怕在我身边发生感人的事也不哭，有时候会奇怪，怎么不哭了呢？我还专门找了《素媛》《熔炉》这种韩剧催泪大片，

·岩兰花开·

看过后觉得难受，但还是不哭，没有什么东西刺激得了我，心像糊了厚厚一层壳。脚痛的时候会哭，做康复治疗的时候会哭，那是一种生理上的哭。特别感动的哭、伤心的哭、心理上的哭，没有。我想他们为什么比我正常？是因为心理医生干预、媒体记者采访，或者参与追思会、怀念活动等，使他们敞开心扉，把伤疤展示出来，把哀婉和委屈哭出来，将苦闷和痛苦倾诉出来，负面情绪喷涌过后，郁结就化解了。

随着时间的流逝，越来越想念伙伴们，包括一个我很爱很爱的哥哥，他妈妈又生了一个小女孩，我妈妈跟我说，咱们去看看那个妹妹吧，和以前的哥哥长得好像。我坚决不去，躲进厕所一个人流泪，这种疼痛，几年以后才回归身体。就像我的脚，前几年一直没有知觉，神经受伤了，医生说只有等神经慢慢恢复，一年会长几毫米，等它长到那个地方的时候才会感觉到痛。心理的伤痛和脚上的神经一样，要经过时间的磨砺，但大家已经痛过了哭过了，不可能有人陪着我哭，不可能抓住一个人说，能不能跟我一起回忆当年的事情，喝一场酒，流一夜泪。

初三的时候，班主任是个内心柔软、外表强硬的老师，也是年级主任，姓赵。她把有问题的同学集中到我们班上，出于负责任，也出于好管理。所以我们班孤儿、单亲、伤残学生，是整个年级最多的。我是班上第一个坐轮椅的，后来又来了两个截肢同学，赵老师悄悄征求我的意见，让我选一个性格好一点的到我们班上，我说不了解他们。她想了一会说，放到别的班我不放心，咱们班已经有坐轮椅的了，干脆放在一起。班上的同学大部分受过创伤，感觉都差不多，事实证明，大家相处得非常亲密。

相对来说，孤儿和单亲家庭孩子问题多一些。孤儿可能和领养家庭发生矛盾。班上有个女生，在学校特别温柔，对我很关照，经常帮我推轮椅，唱歌给我听，喜欢开玩笑，一点锋芒都没有，在家里被视作不可理喻的人，她甚至把刀架到自己脖子上，对养父母说，如果不给我钱就自杀，争吵冷战是常事。还有一个女同学的爸爸要再婚，她就哭，不但在宿舍哭，还在教室哭。这种事如果放在其他班，同学肯定会小心劝慰，但我们班的同学，特别是男生，会大声说，这有啥呀，我爸已经给我娶了后妈，还带来一个弟弟，为了讨好新媳妇，跟我说话跟外人似的，我都不认识他了。有的说，我妈也不在了，咱还得活呀。有的干脆说，你多幸福呀，还有个爸爸呢，我啥都没了，就是一个孤儿，孤苦伶仃的人儿。开始只有几个人说，后来全班同学都参与进来，各说各的不幸，感觉像是比谁更惨，大家以这种调侃的方式互相安慰，释放自己的悲痛。

可能因为共同的不幸，我们班像一个和谐的大家庭，积极团结，热情友善，家长就是班主任。她时而严厉，时而幽默，跟我们一起讲笑话唱歌，最叛逆的男生也很服她。别的老师批评他，脖子会扭到一边，赵老师批评，他会听的。下课后，一个男生唱一首歌的第一句，所有女生马上跟着唱，过一会就是全班男女齐唱。站着的，坐着的，跳起来的，坐轮椅的，挂单拐的，挂双

· 岩兰花开 ·

拐的，挂手杖的，有的把拐杖举起来，在桌子上边敲边唱，把帽子扔来扔去，苹果像小皮球一样被抛东抛西，最后摔成几瓣，引起哄堂大笑，每个人都是笑脸，像开到极致的玫瑰，有的都笑出了眼泪，还互相拥抱，一个人的手搭在另一个人肩膀上，拍拍打打，嘻嘻哈哈，快乐无比，仿佛举行盛大庆典。

这是初二、初三留给我的财富和记忆，初三是我 10 年中最和谐快乐的一段时光，跟所有同学关系都处得好，跟爸爸妈妈关系融洽，学习很轻松，没有任何烦恼。大家住学校宿舍，周末才能出校门，我住在校外，经常帮他们带东西，他们高兴，我也乐意，我看见每一个同学都很亲切。

后来班主任心理出现了问题，可能因为每天面对各种伤残和心理有问题的同学，自己还得强撑着，这种病很复杂，具体名字记不清了，表现症状是走路的时候出现幻觉，感觉道路立了起来，头发晕。她可以离校治疗，但还坚持给我们上课，就搬来一把藤椅，后面靠一个软垫子，站的时间少，幻觉就少。她对我们说，最担心的是一个人走在路上，倒下去了怎么办，她要每天都守着我们，一直到我们毕业。高兴的是，赵老师后来康复了。

高中我考进了绵阳南山学校，这是绵阳市数一数二的重点学校。高中每个班只有少数几个孤儿、单亲、伤残同学，大部分同学只是吃过心理的苦，没有受过身体的苦。高中的孤儿和领养家庭关系比较缓和，大部分领养家庭都是叔叔舅舅姑姑这样的亲属，亲情还是有的。单亲家庭的有了新的爸爸或妈妈，大部分重组家庭都经历过灾难，人们对前夫或前妻的孩子比较迁就包容，一部分单亲孩子重新享受到家庭的温暖。伤残孩子逐渐接受了现实，情绪慢慢稳定。

当我意识到自己有问题的时候，已经读大学了。包裹在身体上像鳞片一样的东西，随着时间的推移慢慢松动和脱落，柔软的部分逐渐凸显出来，发现会感动还会哭，爆发点是看了电视剧《琅琊榜》。寝室的同学都在看，每天都为主人公流泪哭泣心疼，开始我没有想哭的感觉，看第二遍的时候，看主人公向死而生，复活以后必定会走向死亡，但既然活下来就不能白白地活着，这与自己的经历竟如此相似，就哭了，哭得好伤心，今生今世没有过的那种痛哭，也理解了肝肠寸断的真正含义。可能是潜移默化产生的冲击，让我想起地震前的点点滴滴，活下来多么幸运，经历引导我思考命运。

从初一到地震前班主任频繁地换座位，大概害怕同学上课会说话，影响学习。凡是和我同过桌的同学，全部去世了，一共五六个人。我为什么运气这么好？我没有想活下来干什么。

地震后不久，老师要求同学给家长写一封信，家长给孩子回一封信，爸爸在回信中写道：如果你不在了，我和你妈妈绝对不会活在人世间，我们肯定会追随你而去。

妈妈是教语文的，我应该写给妈妈，但爸爸不善言辞，什么事情都憋在心里，跟我交流也少，就写给了爸爸。地震以后一只脚上的皮肤没有了，要做植皮手术，医生对父母说了植皮方案。

· 岩兰花开 ·

我爸知道所有手术中，植皮手术是最痛的一种，他不忍心看见我疼痛，偷偷跑去找医生。我跟在后面偷看他，听见了对话。他问医生可不可以用他的皮，医生说不行，你的皮太老了，活性不够。我爸就说，麻药会影响皮肤活性，能不能不打麻药，从他身上取皮。这件事我和他从来没有提过，更没有写进信里。

之后我变得特别惜命。有人说那么大的灾难都经历过，还怕什么，我反而变得更加小心。以前过马路横冲直撞地就过去了，大晚上一个人在外面晃，现在过马路一定左右看，没有车了才过，晚上一般不出门。生命很宝贵，万一发生什么事，会给爸爸妈妈带来沉重的打击。

很长一段时间，是为了享受和爸爸妈妈在一起而活着，从来没有想过我活着究竟为什么，是为了平静地陪伴爸爸妈妈走完这一生吗？还有没有其他事情？整个人就像困在一个壳子里面，很麻木，表面上看起来开开心心，内心没有一点波动。以前哪里发生了车祸，伤亡了多少人，爸爸妈妈会感叹几句，我在心里计算，再怎么伤亡都没有汶川地震遇难人数多，就不值得难过。我会把生命和生命做比较，你失去了三个亲人，我失去了五个亲人，那你的痛苦有什么好说的呢，再痛苦也没有我严重。后来就能感同身受，不管多大的痛苦都是痛苦，都应该有同情之心，尽力去帮忙，现在变得更柔软。

我在武汉读的大学，以前武汉大学一个学生跳楼了，有人说有什么想不开的，不够坚强，我就会站在他的角度思考，不会指责他。应该珍惜生命，不能随便放弃，但心理上的痛苦，有时候比身体上的痛更重。有的同学双腿截肢了，但活得轻松而阳光，就是一个幸福的人。有人身体健康，但每天都抑郁，很值得同情。

这种醒悟，是一个漫长的过程，是震后第七个年头我才有的思考。疼痛有益，当你知道痛苦了，才加倍理解真正的快乐。

（三）感情和理想

感情方面，当时没有意识到，多年以后才感觉有些男生不一样。

小学的时候，一个男生跟我玩得很好，有同学说他喜欢我，我就觉得怎么可能呢，我们是兄弟嘛。大概七八年以后，碰见他，跟他开玩笑，说你现在没有女朋友呀。他说以前有过哩，后来分手啦。其实能感觉到，他是喜欢我的。

另一个同学，地震发生的时候，我们是同桌，他在地震中去世了。

我们俩同桌时间稍微长一点点，他对我很好，是一个"犬系男"，体育好，四肢发达，很温和。每天帮我打饭洗碗，其他同学一般回寝室吃饭，他让我跟他一起在教室吃，我的座位在靠窗的位置，每天中午太阳照射在眼睛上，很不舒服，他就站在窗口，一直挡住太阳，我坐在桌子上。那个时候不清楚是不是喜欢，现

·岩兰花开·

在想起来，是一种喜欢。

我书架上有本《哈利·波特与火焰杯》，是"哈利·波特系列"中的第四部。我当时特别喜欢，他家比较有钱，买了完整的一套，一到七部都有，这笔钱对我来说是巨款，买不起，就借他的看，他应该是七部都看完了的。一、二部是我自己看的，从第三部起是他给我讲，每天晚自习以后开始，讲到小天狼星死亡，我哭了，他就说你别哭噢，他还会活过来的。第四部还没有讲完，就地震了。

他平时跑步不戴眼镜，上课才戴。我的位置靠窗，他不让我，我就出不去。地震时墙上已经掉墙皮了，我抓住他的手，说你快跑啊，快跑啊。可能他觉得好笑，我们平时从来没有拉过手，他就望着我笑。然后他默默地把眼镜摘下来，放进眼镜盒里，可能不到一秒钟的时间。但这个画面定格在我脑海里，感觉他的动作很缓慢，他很慢很慢地摘眼镜，很慢很慢地站起来，很慢很慢地把眼镜放进眼镜盒里，然后才开始跑。他跑向前门，前门已经挤了很多人，就转身向后门跑去。

住院的时候，他一个姑姑跟我们英语老师聊天，我才知道他遇难了。心想，哦，他不在了。没有特别伤感，活着的喜悦冲淡了一切。

治疗期间，志愿者来看我，问有没有要看的书，我说想看"哈利·波特系列"图书，他们就送来这一本，看完以后才知道，小天狼星并没有活过来。为了不使我伤心，他还略过了第四部中一个学生迪戈里的死亡，并且把前后故事连贯起来，听不出一点破绽。现在回想起来，这是一份伟大的温暖。后来我把七部全都看完了，不停地有人去世，读到很伤心的时候，就会想起他，没有人会把这些情节删掉了。从那以后，再也没有一个男生如此为我着想过。

大学阶段有人问我有没有喜欢的男生，我就说还是四川同学好，四川男生又细心又幽默又温柔。大学也有男生对我好，但心里一直跟那个同桌做对比，所以到现在还没有心仪的男朋友。

我给人的印象是听话的孩子，哪怕在叛逆期，人生走向也是按照父母设计的。高中学的理科，高考可以报土木建筑专业，但父母觉得经济类专业方便就业，也适合女孩子，我就遵照他们的意见学了经济类专业。父母想让我考公务员，我不喜欢当公务员，我想成为作家，我是个具有倾诉欲望的人，曾经在社交平台匿名写评论，有一次还获得 6 万多个赞。如果开个娱乐公众号，可能会火。

考公务员这件事，放在别人家里不想考就不考，但我必须得考，如果我说不考，父母会尊重我的意见，但他们心里会难受。如果进了其他行业，以后工作不顺利，压力大受挫折，他们会愧疚当初没有劝我，对不起我。所以，为了不伤他们的心，只能隐瞒自己的想法，放弃自己的理想，回来考公务员，绵阳北川都能接受，这样离他们也近。

这些年，我知道了他们有多爱我，这份爱是世界上最宝贵

·岩兰花开·

的，超过了对自己生命的爱。因为这份爱，我反而不会跟他们说太多，比如你今天来采访，就没有在客厅交流，而在我的房间。他们很反对采访我这件事，怕我回忆，不想我再受伤害。在妈妈的眼里，我还是个孩子，他们在客厅其实很着急。

地震有点远

尚美：女，2004年出生，地震幸存者，汶川县某中学初二学生。

下面是尚美的讲述。

是的，阿姨，今天是周末，我才回映秀镇，写完作业帮我妈收拾碗筷，端端稀饭馒头腌菜，擦擦桌子板凳。我在汶川县城读初二，住校，有时候一周回来一次，有时候两周回来一次，映秀到县城50多公里，班车比较多，不到一个小时就到了。我爸在映秀到县城之间的桃关打工，那里有个铁厂，他也是一两周回家一次，我跟我爸有时候一个月才见一次，学校统一管理手机，不太打电话，家里就我妈妈一个人。

以前我们住在离这不远的山上，靠种地生活，山坡震了好多裂缝，风一吹会滚石头，现在绿树长起来，好多了。但河沟里的石头更多了，河边住的人家有时候会被水冲跑。地震后我家的房子垮塌了，田地被掩埋了，在帐篷和板房里住过一段时间，就

·岩兰花开·

搬到了镇上的安置房。从我记事起就知道广东东莞，因为他们对口援建映秀。他们帮建的房子都是两三层的小楼，街边隔不远还有小木亭子，刮风下雨我可以在亭子里面做游戏写作业，以前从来没有见过这么漂亮的景象。援建房修建好以后抓阄分房，人多的人家分大房子，人少的人家住小房子，我们家运气好，分到了主街道上，有的分在背街，主街上的人家基本上开小店，有的卖油盐酱醋，有的卖牛肉干、羌绣和腊肉，最多的是饭店和住宿客栈。哦，还有卖石斛兰的，阿姨你看那家门前几盆金黄金黄的花，就是石斛兰，石斛兰比黄花菜和油菜花都香，听说是一种药材，长在高高的山崖上，因为不好挖到价钱才贵。

你问我对映秀镇的感受呀，我觉得生活在这里很幸福，空气清新，没有喇叭声，坐轮椅和拄拐杖的人比汶川县城和成都多，大家相处得很好，感觉不受歧视。地震以后好多人搬到都江堰和成都了，搬出去的人大概都是老映秀人吧。大一点以后才知道这里是5·12大地震震中，常住人口加流动人口一万多人，很多人都遇难了。映秀这几年最大的变化是出名了，街边的广告牌上写着：从废墟中走出来的旅游生态小镇，4A级景区。我不懂A是什么意思，可能A越多游客越多吧。游客确实很多，尤其是每年地震周年前后，我都不敢回家，游客把街道堵得严严实实，满眼都是小汽车。好几个邻居姐姐在镇上当导游，以前她们跟我家一样，在山上种地。在我们家吃米线的两个女游客议论，这些导游肯定没有直系亲属遇难，如果爸爸妈妈弟弟妹妹去世，就不会拿个喇叭天天重复震死了多少人，场面多惨烈。好多游客都高高兴兴的，只有在漩口中学地震遗址博物馆，嘈杂声才少一些。

大人聊天的时候常说，经历过地震的人把钱看得不太重，有吃有喝就够了，好多人有钱就花不太存款，也不会小偷小摸，觉得为这点事得罪邻居，积不下功德，会遭报应的。

地震的时候我4岁，在山上我们村的幼儿园，大家都在午睡，我不想睡，没有啥原因，就是想往外跑。我跟一个小朋友跑出去玩，一个老师来找我们，结果只有我们3个活着，房子垮了，其他小朋友全都不在了。我是地震的幸运儿，也是受灾者，外婆在地震中死了，外公不习惯在镇上住，在山里种一点坡坡地，会给我们拿好多卷心菜、土豆、玉米，最高兴的是爸爸妈妈和我都活着，大难不死必有后福，我们家肯定会越来越好。

地震的时候我太小，不知道害怕，后来不停地被人问起，特别是外省游客，问来问去，才逐渐懂得害怕，这可能就是后怕吧，平时不提这事就想不起来。小学的时候爱幻想，初中以后觉得学习才是第一位的。有人问我，如果没有完整的家，会不会有这么好的生活，会不会这么开心。我就想如果当时没有出来会怎么样，如果家里少了一两个人，会怎么样，会不会一天只知道哭。其实不管是小学同学还是初中同学，有的家人受伤了或者不在了，有的家庭房屋垮塌了，好像都没有天天哭，照常上课下课，可能我还不懂这些吧，毕竟我才14岁嘛。晚上在宿舍聊天，聊东聊西，一般不会聊地震，大家不太提那事，觉得地震有点

·岩兰花开·

远。一位老师说一个很好的朋友遇难了，非常非常悲伤，她不让我们说地震。

来我们家小饭馆吃饭的游客很多，经常有人问我地震的事，我不觉得讨厌，但我发现比我高几级的哥哥姐姐和失去孩子的爸爸妈妈不愿意多说，大概他们比我成熟吧。我认为这是分享自己的经历，就像分享故事一样，讲给他们是把我的悲伤发泄掉了一部分。我给同龄的外地孩子最想说的一句话是，读书才是唯一的出路。我们是山里人，不读书就走不到外面去，城市的孩子竞争压力比较大，工作压力大，读书更重要。我们班一个同学喜欢画裙子帽子，说以后想当服装设计师。一个同学想当作家，她的作文特别好，每次都被当作范文来讲。一个同学学习特别好，想当体育特长生。一个同学想读艺校，想当演员明星，好像不容易，听说演员培训费用好高。妈妈想让我当护士或者医生，说现在实行二胎政策，以后肯定生孩子的人多，需要这方面的人员，其实我想当老师。

我最远去过若尔盖草原和成都，更喜欢若尔盖草原。我们班有很多同学是若尔盖和红原的，他们说苹果手机和棒棒机是牧民的标配，棒棒机是老年机的意思，草原宽大，信号不太好，老年机用来打电话，苹果手机用来发照片发红包。

你问周围这些人家的情况呀，啊呀，有的我知道，有的不清楚，听大人聊天会记住一点点。

我知道街对面那位阿姨的情况，就是那位穿绿花裙子，门前摆油炸土豆的那位，你看她一只手总撑着腰，其实是腰痛。地震后她在医院住院，还没有完全治好，听说映秀镇要分房子，就是我们这种安置房，她不听医生劝阻急急忙忙赶回来，结果耽搁了康复治疗，落下腰直不起来的毛病。

你看长椅子上那位弯腰抠脚丫子的爷爷，应该有 60 岁了吧，他现在的老婆是原来的嫂子，就是他哥哥的媳妇。他原来的老婆和哥哥都遇难了，现在两口子跟他哥哥的女儿一起住，经常领着外孙一起玩耍，这个爷爷很热情，每次都问我外公下山没有，我妈说以前我们住一个村子。

你看那位叔叔，正在摸小女孩头的那一位，头发全白了，他家在丁字路口，就是门前有木亭子的那家，他家开了一个小商店。他儿子和女儿都不在了，当时儿子读高中，女儿读小学。听说后来他的妻子吃了好多药都怀不上孩子，想了很多办法才生了这个女孩，应该有 8 岁了。有一次听我同学的姐姐说，这个女孩长得好像姐姐，但没有姐姐听话，学习也没有姐姐好，叔叔阿姨对她要求也没有对哥哥姐姐那样严格。他们两口子从来不去漩口中学和小学那里，如果去那边办事，要绕开原来的中学和小学，幸亏中学搬到岷江对面去了，改名叫七一映秀中学，小学也搬到岷江边上去了，都是崭新的校园，我小学就在那里上的，设施很先进，校园好漂亮。

羞怯的美容手

玉儿: 女，2000年出生，映秀小学伤残学生，一只手截肢，父亲遇难。

下面是玉儿的讲述。

不好意思哦，阿姨，你约我几次时间都不凑巧，没办法见你，平时学校把手机收起来，只有周末才能用一天半，因为是高二，明年，也就是2019年参加高考，学校管得严，只能接受你的电话采访。感谢你给我发红包，接电话用不了多少流量，花钱不多的。

我的生日是5月13日，地震的时候差一天满8岁，映秀小学二年级学生，张米亚老师救的我。我们教室在2楼，摇晃的时候张老师让我们往课桌底下躲，我不想躲，就往外冲，张老师一手揽住我，一手揽住一个男生，只一会时间，我就什么都不知道了。清醒以后发现我和男生都活着，张老师已经僵硬了，但他的两只胳膊紧紧搂着我们，救援的人没办法把我俩从他怀里拽出

46

来，就把张老师的胳膊锯断了，后来才知道我们被埋了 27 个小时。张米亚老师后来被称为地震英雄，是应该的。

获救以后，从映秀转到成都的华西医院，又到北京治疗过 3 个月，做手术的时候妈妈签的字，我当时不懂截肢是什么意思。2009 年春节过后上学，留了一级，又读二年级。在成都和都江堰读过小学，后来到都江堰友爱学校读初中，这个学校的学生好多都是地震伤员，我目前在都江堰读高中。

再回学校的时候对残疾很敏感，现在还很在意，经常会为这只手伤心。左手肘关节以下截肢，装了假肢，是美容手，没有功能，干不了活，是香港一家基金会免费做的，10 年中换了好几次。以前装过可以充电的假手，一天半换一次电池，太麻烦，况且我太小，胳膊还在不停地变粗长长，美容手方便取下和戴上，比充电的手便宜。平时不太露出来，特别在陌生人面前，觉得有些羞怯，衣服袖子尽量长一点，天气稍微变冷就会戴手套。

那个男生目前情况不太了解，跟他没有什么联系，好像在广汉读职高。从那种地方出来的人都不愿意见面，恨不得一辈子不见才好，能彻底忘记最好。不想知道别人在干什么，也不主动说自己的经历，我跟小学同学没有什么联系，碰见的话，也不说以前的事。

一般不回映秀，不想去那个地方，有时候会失眠，想到地震的事就睡不着。每天都想爸爸，当时爸爸妈妈都在映秀当老师，爸爸没有出来。我现在学画画，想画爸爸，画了好多次，还是画

·岩兰花开·

不出他的样子。当然有爸爸的照片，这么多年只看过一两次，还是刚从医院出来的时候看过，前几年每天都想看，每天都不敢看，脑子里总出现跟爸爸一起玩的情景，他给我讲做人要大方，学习要用心。这几年有意回避不看，也不跟妈妈谈爸爸。爷爷在我出生前就去世了，奶奶住在汶川县水磨乡，一年见一两次，跟奶奶也不聊爸爸，奶奶比较坚强。

不想地震是不可能的，特别是每年地震周年，各种信息铺天盖地，躲都躲不开，我不喜欢接受采访，不想被人关注，想起地震就会想起张米亚老师，他妻子和3岁的儿子也都遇难了，儿子当时在映秀上幼儿园，妻子在教师公寓，也是老师，一家三口全不在了。他父母在老家米亚罗风景区，他的名字就来自家乡，张老师给了我第二次生命，像父亲一样，这几年年龄越大想起他越多。有时候会想，好不容易活下来了，一定要好好活下去，这样才对得起爸爸和张老师。

目前我在学美术，准备考美术专业的学校，想在艺术上有所发展，希望考到川外，去看看外面的世界，以后在哪里工作还没有考虑，妈妈也没有说过。

2017年妈妈才从映秀调到汶川县城，没有离开教育系统。她2010年再婚，结婚前跟我说过这事，我不直接叫他（继父）爸爸，而是在爸爸前面加上他的姓，在这个世界上我只有一个爸爸，谁也取代不了，所以，不管谁，对我再好，我都不会称呼他爸爸。妈妈婚后第二年生了一个弟弟，他（继父）在成都工作，弟弟在成都读书，从成都到汶川开车一个多小时，他们一直两地分居，一两个月见一次面。弟弟特别调皮，跟我很亲，喜欢跟我玩，我把他当亲弟弟对待。一家四个人，最亲的还是妈妈，每周能见妈妈一次，跟她什么都说，就是不说爸爸，今天你电话采访我的事，也会跟她说。妈妈对我和弟弟一样好，他（继父）更喜欢弟弟，尽管不明显，直觉能感觉出来，有时候会伤心，难受的时候忍着，跟谁也不说，过一会就好了。

有时候会特别压抑，莫名其妙地难受，情绪突然会很糟糕。刚地震的时候有心理医生干预过，后来就没有了，自己也不想找心理医生。10 年来忧愁很多，因为手的原因，生活上不方便，对以后就业也有困惑。跟同学关系还不错，有闺密，在她们眼里我性格还好，比较开朗，过得还算开心，也比较坚强。有男生很善良地对我好，帮我收拾东西拿东西，但我觉得我跟大家一样，不需要特别照顾。有外省的志愿者经常鼓励我，在经济上也有帮助，一直很感激，具体情况不想多说。

媒婆杨姐

杨姐：1965 年出生，城镇居民，以养老金为生，失独母亲。

杨姐母女刚从艳红的电动三轮车上下来，我就认出来了，其实她们更像婆孙俩。杨姐一头长发，从高束在头顶的皮圈里垂至腰际，在初夏的和风里飘来荡去，鱼尾纹和眼袋一览无余。女儿杨子胖胖嘟嘟，一脸稚气，长发在双肩盛开，与年龄也是不搭的样子。

夸张的长发"先声夺人"，除过杨姐还会是谁呢。

专家傅老师在电话中介绍，每一场大灾 20 到 30 年之后，幸存者仍存在大量精神障碍的，有的还会代际传递，按照国际惯例，心理援助应为 20 年。汶川大地震，个人层面、国家层面、各级政府层面都认识到了心理援助的重要性，2008 年，公益组织作用凸显，爱心募捐空前活跃，民间力量愈显强大，真正体现了一方有难八方支援的人道博爱理念。

他说，从地震后到 2014 年六年半的时间，走遍了十大重灾区，前两年主要做应激创伤后障碍（PTSD）的创伤修复，后三四年主要负责心理援助运营，做一个系统。中国心理援助技术力量还在发展阶段，专家希望在经验当中，根据不同地域不同文化，开展心理援助工作，更好地服务灾区群众。心理援助者也是普通人，援助别人的同时，也会厌倦灾难，逃避隔离。天津爆炸事故之后，业内人士都以为他在第一线，其实他躲在办公室，不想面对惨烈场面。

北川有一位杨姐，从最初的受援对象到帮助别人，非常了不起，你在北川需要采访什么人，只要找到她，没有解决不了的。

我给杨姐发去短信，杨姐回复：你喊傅老师给通过电话，因为我认识的人太多了。

我将此短信转给傅老师，他说：我给她留个语音，她为了生存每天跑车，主要怕少挣钱，去时最好给孩子买点东西。

我回复：懂的，谢谢。

采访杨姐之前，在网上搜了一些她的相关资料，所以对她的形象并不陌生。见她第一眼，就明白短信里为什么有别字。

即便是全错了，也情有可原，我暗自思忖。

杨姐在前面开车，我把买的零食拿出来给孩子吃，下车的时候给孩子100元钱，小家伙一把接住，杨姐回头客气了两句，没有拒绝的意思。经过香樟、冬青、栀子盎然的小径，到了我住的教育宾馆，我和杨姐交流，杨子一会吃零食，一会开门，一会关门，一会跑出跑进，一会从书包里找出彩笔，在我的资料背面涂

·岩兰花开·

鸦。我和杨姐时不时停止谈话，招呼她几声。只有在涉及杨子身世的时候，才压低嗓音，偷窥她两眼。

从杨姐的讲述来看，她基本上走出了阴影，偶尔会叹息几声，也会笑出声来，随着她的讲述，走进她的十年岁月。

……我1965年出生，地震的时候43岁，老公52岁，我们都是羌族。我没有工作，老公年轻的时候接他老汉的班，在北川县建筑公司上班，他兄弟姊妹六人，就他一人拿工资，其余全在农村老家，我家七姊妹，就我受灾最重。后来公司改制，老公拉了一帮人自己干，在县城修过楼房，我们买了一套107平方米的房子，后来很多人奇怪，这栋楼竟然没有倒塌。我跑出来的时候一只脚被砸伤，一瘸一拐到北川中学，教学楼坍塌得不成样子，没有找到女儿。然后搭车到绵阳各家医院寻找，也没有消息。

老公带了六七十人正在甘孜修房子，地震以后，账也没有结就往回赶，我们在绵阳碰的面，当时是5月14日，我哭着说，没有找到娃娃，他脸一下子就黢黑了，一句话不说，我们继续在各家医院寻找，还是没有找到。16日返回北川中学，有人告诉我们，女儿15日火化了。我一屁股坐在地上，老公像石头一样，不言不语，脸色更暗。

我不相信这是真的，反复念叨，不可能，不可能。对方说，你女儿的辫子一米多长，谁都认识。DNA比对相符，10737号，每位遇难者都有一个编号，这是我女儿的号码。

那个时候好想死，一家三口全死了多好啊，省得痛苦。睡醒了哭，哭累了睡，睡又睡不踏实，梦里总在叫唤女儿，只有睡着的时候不哭，醒来以后眼角挂着泪水。好像又不能死，总觉得女儿还会回来，如果回来见不到我，不是对不起她嘛。

老县城回不去，银行倒塌了，有的工作人员也遇难或伤残了，有存折也取不了钱，我们变成了无家可归的人，只能住在绵阳九州体育馆的帐篷里。身无分文，没有换洗衣服，无法洗澡，上厕所排队，洗脸排队，吃饭排队，全身酸臭，每天除过哭就是看雪片般挂在绳子上和墙壁上的寻人启事，希望看到女儿的名字或照片。听说当志愿者可以免费吃饭，就参加了"完美春天公益协会"。打扫体育馆卫生，熬大锅稀饭，从早到晚都在熬，一勺一勺地舀给随时来吃饭的人，还把稀饭一碗一碗送给走不动路的老人和伤员，碗都是纸盒或塑料饭盒，数量不够，就用一次性纸杯盛，筷子不够，折一节树枝代替。

广播说国家要用3个月时间建造100万套过渡安置房，也就是活动板房，作为受灾群众3至5年的临时家园，首先安置临时医院、商业网点，特别要保证高考和中小学生复课的房子，没有复课条件的学生，被火车飞机送到山东广东等对口援建省市读书，也有转到本省灾情轻的县市就读的。

不久体育馆灾民疏散，就搬到永安镇，三个家庭住一顶帐篷，一般都有七八个人，男女老少都有，换衣服得去厕所。2008年9·24洪水把帐篷冲跑了，从永安镇搬到安昌镇板房，这里的板房有时候会漏雨，又从安昌镇搬到永兴板房区。永兴板房是上

· 岩兰花开 ·

海援建的，质量好一些，高峰期住有三万多灾民，板房不隔音，白天晚上都能听见哭声，开始是一个人哭，哭着哭着，就连成了片。山东援建起新县城以后，2011 年春节前搬到新县城，住进了楼房，面积 106 平方米，除过国家优惠补助以外，自家还掏了一些钱。

地震以后老公就不上班了，每天雷打不动的事是喝酒，以前也偶尔喝，但不贪酒。他知道跟人说话就得说孩子，只要看见活蹦乱跳的孩子就躲着走，有人明明知道我家孩子没了还要打听，所以他干脆就不出门不说话。

从住帐篷到住板房，我一直当志愿者，心想只要多做好事，帮助他人，老天就会睁眼，就会保佑女儿回来。在永安镇时要煮三千多人的饭，给大家煮饭打饭打扫卫生，全国各地来的志愿者、记者、心理援助人员，和灾民同吃同住，一来二往就认识了心理学家傅春胜和史占彪老师他们。傅老师他们最先做三类人员调查摸底，丧子父母、孤儿、伤残人群，但经常连门都进不去，伤痛使人排斥所有。

2009 年我们想要个孩子，一直怀不上，去华西医院和四川生殖卫生学院检查，看能不能做试管婴儿。反复抽血化验，把人抽得难受的呀，现在想起来都心惊肉跳，人身上咋有那么多血呢，检查结果老公体内酒精过量，精子全被杀死了，只能放弃再生育。无计可施，就想领养孩子，去绵阳市儿童福利院寻求帮助，他们认为我们没有固定收入且生活困难，请求被拒绝。

　　老公不想领养年幼的孩子，认为自己已经50多岁，还没有把孩子养大自己就不在人世了，谁负责孩子的吃穿用度。思来想去，就领养了我兄弟17岁的女儿，并郑重其事地到相关部门办理了领养手续。以前女儿出门上街挽着我和老公的胳膊，我们俩的手机号码都是女儿挑选的，尽管联通信号有时候不太好，还是舍不得更换。可这个孩子经常不打招呼就出去耍，洗衣服只洗自己的，跟我们一点都不亲，和原来的女儿没法比，不久就解除了领养关系。

　　住进永兴板房区，不再吃大锅饭，每家各起炉灶自己做饭，我就离开了"完美春天公益协会"。一闲下来就想女儿，越想越想死，越想越出差错，心里想着水瓢，抓起的却是洋芋。心理援助站派了老师来开导我，一来二去就熟悉起来。因为我是本地人，了解当地情况，领着他们挨家挨户走访，做调查统计和心理治疗，他们也称呼我杨姐，这种称呼算是尊称，有些年长的人也这样叫我。

　　给他们干活，每天有20元的补助，每个月发一次，一次领600元，这是我有生以来第一次按月领工资，感觉有点自豪。钱刚领到手，就给老公打酒，他不要钱也不说话，只要酒，天天在板房睡觉，难受了就喝酒，喝醉了又难受。有100多元1斤的好酒，我买不起，只买50多度的苞谷酒，4块钱1斤，一次买10斤，5斤酒管3天。从早上起床喝到下午5点，1斤装的酒就喝完了，晚上还要喝，基本上一天要喝1斤多。喝酒时不吃饭不吃菜，

·岩兰花开·

也吃不起啥菜，喊他吃饭，只吃小小一坨，一会抿一口，一会抿一口，别人以为他在喝白开水，整天醉醺醺的，下床去厕所，也一偏一偏。有人劝他少喝点，他说不让喝酒就把命给我结了。傅老师他们跟他交流，他只点头不言语，酒照样喝。

再生育和领养失败不久，老公感觉腿脚疼痛，到医院检查，结果是股骨头坏死。如果置换股骨头，国内材料七八万元，进口材料十多万元，无钱医治，只能回家。幸好专门有人从绵阳领药送到板房管委会，管委会通知我们去领药，全免费，每天给他吃一粒，主要是控制抑郁症。后来搬到新县城住进了楼房，就没人送药了，吃药得自己付钱购买，一旦停药，眼睛一翻一翻，乱砸乱摔，抓到啥东西摔啥东西，喝完药，就躺在沙发上睡觉，睡醒以后，又喝酒。

看见他这个样子，心里就烦，少不了吵架争嘴，有时候也懒得管他。

地震之后，发生了许多奇奇怪怪的事，三四岁的小孩子半夜三更不睡觉，怕进板房，看见汽车哭，看见人哭，听见声音哭，原本不尿床了，现在天天尿床。伤残老人一言不发，尤其是孤寡老人。伤残小伙子个个脾气暴躁，伤残姑娘不出门，丧子妈妈除了哭还是哭，丧子爸爸不哭不闹，但发起威来不得了，有时候正和心理专家谈话，谈着谈着，一转身掏出刀子割腕抹脖子。有时候能抢救过来，有时候救不活。

母亲节时，心理援助站送给每位丧子妈妈一盆鲜花，卡片上写着"祝您母亲节快乐",让妈妈们每天浇花,看着花成长,就像照顾孩子一样,老师们说这叫"园艺心理治疗"。2013 年母亲节时,又送来 3000 多盆鲜花,有月季、兰草、三角梅、茶花等,我家阳台上至今还有一盆一串红,好多妈妈还保留着这些花哩。

为了帮助丧子家庭早日走出阴影,老师们到绵阳批发来铁丝和丝袜,组织丧子妈妈丧子爸爸一起做花,有人第一次见到五颜六色的丝袜,以前只知道肉色。大家把铁丝握成一个个小圈,将丝袜剪开,绑在铁丝上,呈现出各色漂漂亮亮的花朵,形似牡丹、玫瑰、月季。每个人扎一天,能得到 60 元劳务费。每朵花上写一句话,"来自羌族妈妈的祝福,祝您母亲节快乐",并且留上这个妈妈的电话,把花装进箱子,空运到香港。香港的孩子花 18 元人民币买一朵花送给自己的母亲,母亲得到这朵花,就知道远方的妈妈在祝福自己,有的妈妈会邀请北川的妈妈到香港做客,有的生完二胎后,会得到资助,大家称这种花叫"妈妈之花"。

这批花一共挣到 18 万元,心理援助站就用这些钱购买了二于电脑,请绵阳技校的老师免费教大家学电脑,我当时太忙,顾不上学。2013 年地震五周年的时候,傅春胜老师在新县城经过,一位穿超短裙、打扮时髦的妇女请他到家里吃饭,他没有认出是谁。妇女说,住永兴板房时学的电脑,现在在邮电局收费,如果当初不学电脑,连表格都不会制,哪有这份工作,所以特别感谢他们。

和老师们一起工作的时候,对板房中居住的人逐渐熟悉起

·岩兰花开·

来，有的丈夫遇难，有的妻子不在了，有的夫妻震后互相埋怨，尤其是丧子父母，吵来吵去干脆离婚，我就无师自通，顺便当起了红娘，有时候还能撮合成功，有人开玩笑叫我媒婆。

2012年4月12日，我记得清清楚楚，那个时候虽然已经住进新县城，但还保持着住帐篷和板房的习惯，随身背一个小包，当时在菜市场买菜，顺手将包放在自行车上，一抬头包包不见了，里面装有身份证、手机、现钱、银行卡，还有女儿的照片。平时想女儿了拿出来看一看，包包丢了，看不成女儿了，好多人的电话号码也没了。

后来听旁边的人说，有两个小伙子拿起我的包包，大摇大摆地走了，大家以为是我的朋友或亲戚。钱拿去就算了，你把我孩子的照片拿给我嘛，我一下子吓晕了，不吃不喝，起不来，人都垮了。心理援助站派来老师，帮我补办了身份证、银行卡，还送给我几百块钱。

有一天，我低血糖毛病犯了，头晕目眩，洗澡时摔倒，不知道过了多长时间，勉强爬到沙发上躺下，老公依旧喝酒睡觉。以前生病，女儿会端来热水递上药，现在病成这样，没有哪个看望问候，没有一口饭吃一口水喝，越想越难受，望着天花板淌眼泪。楼上一个邻居，她有两个孩子，一个和我女儿同时遇难，还有一个，平时我们要得很好，每天从门前经过都要打招呼，那天她经过了几次没动静，就敲门，敲了好长时间，丈夫摸索着开了门，她把我从沙发上扶起来，一边替我擦眼泪一边安慰我，我眼泪哗哗地淌，使劲地大哭了一场。

她给社区书记打电话，说杨姐犯病了，大哥手脚都肿了，你们来看一下，然后从家里端来一碗肉丸子，平时一个人都不够吃，我难受得吃一个就吐了，老公吃得也不多。过了大概40分钟，社区书记带了几个人来看我们，要把我送到医院去输液，我说一会身上有力气了自己去，你们来我好高兴，我们两口子还活着就满足了。他们还是把我送到了医院，第二天邻居端来炖猪脚，结果两人连一碗都没有吃完。

2012年8月6日，心理援助站的老师邀请我到北京做客，我们先和几位心理专家座谈交流，然后爬了长城，逛了故宫，还去天安门广场看升国旗，全程都有老师陪同，这是我第一次到北京，第一次享受最尊贵的待遇，以前连四川都没有出过，一共玩了一周时间，去的时候坐的火车，回来坐的飞机。

前不久，一位以前在心理援助站工作过的老师来拍纪录片，有人故意刁难，阻挠拍摄，我就大着嗓门说，当年老师们请大家喝茶下棋，打牌唱歌，教大家学电脑、茶艺、扎花、羌绣，难道你们不记得了，人要知道感恩回报，而且他们还是山东来的老师，山东援建北川是多大的事啊，咱们住的房子是山东人建的，娃娃读书的学校是山东人盖的，街道是山东人修的，路边的树是山东人栽的。阻拦的人不好意思，那位老师才正常拍摄。

原来好人真的有好报噢，我的福气来了。

2013年正月的一天早晨，太阳特别暖和，我正在家里打毛

·岩兰花开·

衣，朋友打电话约到公园耍，到公园没多久，听见桥下有猫叫，有人说不像是猫，觉得像婴儿在哭，就说让我抱回去，我说自己48岁了，没有职业没有收入，万一是个娃儿咋办，娃儿将来要修房子娶媳妇，负担重，如果是女子还可以。结果真是女子，襁褓中留有100元钱，纸上写有生辰八字，生下来才几个小时，脐带还没有脱落。我赶快跑过去，说女子我就要，赶紧抱到医院，一称4.4斤有点旺，4.5斤有一点坠，黄疸素高，眼睛闭着，半瓶奶都喝不完，医生说可能没希望救活，让我高兴的是半个月以后孩子眼睛竟然睁开了。

情况好转以后，要给孩子上户口，民政局出主意要登报，我就手里抱着孩子，背上背着奶瓶尿布，打了野的到绵阳去找报社，因为坐公共汽车怕孩子冻着，野的能直接拉到报社，而且比正规出租车还便宜几块钱。《绵阳晚报》领导了解到我没了孩子，还收养弃婴，是献爱心，报社也应该帮我献爱心，就没有收300元版面费，免费登了3个月寻亲启示。3个月以后孩子没人认领，才办了收养证，拿着收养证到派出所，几分钟就给孩子上了户口，取名杨子。上户口的时候，老公抱着孩子，脸上显出久违的笑容。

自从领养了孩子，老公心情好了许多，经常和孩子一起玩耍，由于腿脚不方便，就买了电动三轮车，8000多元买的，不可以随便跑。晚上我和孩子睡一张床，他住另一个房间，也没有性生活了。

女儿遇难以后，领到6万元丧葬补助，政府给我和老公买了

15年的养老保险，我满50岁以后每个月领800元补助，男的满60岁才能领，女儿杨子吃低保，每月200元。几年下来，女儿的丧葬补助全都换了酒，加上买房，没有一分钱存款，反倒借了8万多元外债，主要是跟我家亲戚借的。

心理援助站的老师陆续离开以后，我就没活干了，我们尔玛社区集体投票，选出几位网格员，我得票最高，一个人负责240户共421人的安全、卫生、政策宣传、信息登记，每天都要填表，上传给主管部门，一个月1000元工资。每天背上娃娃干活，还建了微信群，名叫"永不放弃"，和同样遭遇的父母分享生活，在群里晒吃、晒穿、晒娃娃。

2015年，老公的股骨头坏死病症加重，只有打封闭针减缓疼痛，脑萎缩查出来，说话也困难了，送到县医院照着脑萎缩医治。他在病房还要喝酒，和医生争执，不让喝酒就闹。我就求他，看在娃娃面上，不喝酒行不行。求也没用，医生也没办法，只有让他喝，一喝酒胳膊腿就肿胀。半个月花了6000多元，只报销了4000多，治疗没有效果，就出院了。

他太固执，从来不听我的话，我就请绵阳的朋友劝他，也是油盐不进，连头都不点一下。让他到绵阳中心医院看病，他喊我在家里照顾女儿，自己坐车去了，刚在门诊挂了专家号，一个女人热情地拉他到医院门口不远处的一个人跟前，给了他十副中药两盒西药，说绝对能治好，自己以前和他病情一样，喝了两副中药就能说话了。他把5000元全部给了人家，提了药回来，这钱还

· 岩兰花开 ·

是我厚着面皮借的啊！我把药拿给认识的医生看，说只值300块钱，也不是什么要紧药。我气不过，请绵阳的朋友帮查找，找到了那个地方，牌子也有，却找不到人。

后来，我把他弄到绵阳住院，一边照顾他，一边照顾女儿，只好把网格员的工作辞了。2017年11月，老公淋巴、食道癌走了，去世之前的两个月连奶粉都喝不进去。地震以后，抑郁，股骨头坏死，脑萎缩，淋巴、食道癌，原本1.8米的个子，160斤体重被接二连三的疾病折磨得不成样子。

老公在医院去世的，我爸守着他。我打电话给县城所在地永昌镇管民政的干部，民政干部汇报给县民政局，民政局给殡仪馆做了工作，殡仪馆派车拉走尸体免费火化并答应在公墓边找一块空地，只要不占公墓，自己找些砖头水泥把骨灰盒埋进去，也不收地皮费。

他家几兄妹地震时没有受创伤，家里条件都不错，姐姐不在了，四个兄妹要求埋到老家，说逢年过节烧纸方便。老家在北川一个乡里，开车两个多小时才能到，车票都要50多元，山路很陡。看阴地的时候我去了，安埋的时候没去，按照当地羌族的习俗，夫妻一方下葬，配偶不能在场。

老公去世以后，有人建议我卖掉三轮车，我没有卖，想用三轮车挣钱。我请社区保安教我开三轮车，教了半天就学会了，县人社局和政务中心办业务的人最多，就常去那里拉活，三块钱的车费，有人只给两块，一天下来只有一二十元进账，甚至不开张。现在所有生活来源就是我每月800元养老保险，小女儿200元低保，三轮车也不是天天开，周一到周五，一早起来做早饭，吃完饭开上车把女儿送到幼儿园，然后开始跑车，下午接到女儿就回家，周末两天不出车，她马上要读小学，花费越来越大，欠账还不上，想起来就心焦。

如果女儿没有遇难，我可能当外婆了，她的一些同学结婚请我喝喜酒，去过两次就不去了，看见人家喜庆，心里难受。女儿从出生到遇难，只剪过两次头发，她说她的头发是我给的，我的头发是她外婆给的，身体发肤，受之父母，不敢毁伤，所以我和女儿都留了长发。有人曾经出1000元买她的头发，出700元买我的头发，我们都不卖，如今，给杨子也留起了长头发。

清明、5·12、除夕，一年三次到北川中学遗址烧纸，6月6日是女儿生日，在县城河边烧，每次烧纸都领着杨子一起去并告诉她，在另一个世界有一个姐姐，以后妈妈不在了，就由你来帮妈妈为姐姐烧纸，她现在能记住我的手机号码和姐姐的编号。

10年过去了，因为有做志愿者、心理援助员、社区网格员的经历，走到哪里都受欢迎，人缘不错，接送孩子，开三轮车挣钱，微信圈里转一转，忙忙碌碌也还能过。实在难受了一个人大哭一场，就会轻松很多，哭是释放压力和悲伤的方式。

最后讲一讲我说媒的事哈。

第一对，是住永兴板房时介绍的。两人原来不认识，女的以前开饭馆，受灾以后没有地方可开，只能在家闲着，当时40岁，

·岩兰花开·

地震时丈夫遇难，震后不久女儿考上大学，住板房时，我们是邻居。男的当时在外地打工，妻子地震时遇难，儿子正读初中，震后就不读了。男的住得有点远，首先我找男方谈话，把女的情况介绍了一下，女的大他三岁，男的觉得满意。我就要求男的对女的要好，因为是邻居，如果过得不好，对不起人家。男的说，杨姐，我保证按照你说的去做。男的同意以后，再给女的说，两人都同意见面。永兴板房没有饭馆，我们三人只好到永兴镇上的饭馆见面，大家都没有钱，吃得也简单，四川人走到哪里都喜欢吃熬锅肉，就是你们说的回锅肉，要了一份回锅肉和其他菜，男方掏的钱。他们2009年夏天结婚，在安昌镇开了饭馆，多年过去了，从来没有吵过架。女方的女儿和女婿是大学同学，女婿是江油人，毕业以后小两口在江油开了一家火锅店。女儿结婚的时候，专门请我去吃酒，现在孩子都几个月了。男方的儿子现在也耍朋友了，在绵阳开了一家婚纱店，以后结婚我肯定要去。

第二对，男的当时50多岁，是一位乡村民办教师，地震前离婚，有一对儿女，儿子断给他，女儿断给妻子，儿子遇难时读初中，前妻已经再婚。尽管有个女儿，还是无法排遣丧子之痛，一直想找一个可以为他生子的女人。他来找我说媒，其实他比我岁数大，但也称呼我杨姐。他说杨姐，我们有同样遭遇，心里的苦你能理解，多想要个孩子，谈了几个都不合适。我就帮他介绍了一个女的，比他大4岁，在建筑公司上班，丈夫地震时遇难，儿子快30岁了。两人交往以后，于2013年结婚，感情越来越好。现在男方的外孙也四岁了。女方的儿子媳妇在上海打工，孙子五六岁，（儿子）经常给我打电话，说感谢我，我为他母亲找了个好老伴，他们在外面也放心。

第三对，当时男的也50多，妻子地震遇难，儿子在外地已经安家。女方地震前离婚，儿女双全，是农村的，比男方大3岁，在建委做饭，一直到现在，每个月两千多元工资。女儿在绵阳生活，儿子在外省打工结婚，当了上门女婿。2016年两人结婚，办了酒席，非常热闹。男方的儿子买了手表，婚礼上亲自给两位老人戴上，还给娘娘买了手机，我们这里把父亲的续弦叫"娘娘"。他们请我参加婚礼，我还讲了话。办酒席时冒了桌，预订了11桌，来了14桌客人，坐不下，把后来的3桌人弄到街上饭店，男方的儿子亲自带客人去的。我好羡慕他们噢，一家人和和睦睦，儿孙满堂。

第四对，男的1963年出生，在建筑公司上班，妻子在电力公司上班，地震时遇难了。有个女儿，考上大学以后，在广东安了家，地震后他在县政府当保安，一个月一千多元。女方的丈夫在运输公司上班，地震时开车遇难，车子砸得稀烂，尸体都没有找到。女方比男方大三岁，他们2016年结婚，喊亲戚朋友在酒店吃了一顿，有两桌客人。女方有两个女儿，都在绵阳，一个当幼儿园老师，一个开饭馆，两个女儿现在都有娃娃了。

第五对，男方40多岁，没有单位，普通居民，打零工，妻子地震遇难，儿子上小学。女方地震前夫妻双方在江苏打工，儿

·岩兰花开·

子在北川读初中，地震后夫妻回来，住在永兴板房，儿子不愿读书，丈夫带着儿子继续外出打工，女的留了下来。丈夫不给她钱，也不管家，不久就离婚了，靠在县城打零工为生。2016年他们把亲戚请到一起吃了顿饭，就算结婚了，婚后没有再生育。

第六对，男的30多岁，没有结过婚，也住尔玛社区，他妈让我说的媒，他在北川职业技术学校当保安，一月一千多元收入。女方的儿子上初中，女儿上幼儿园，女方比男方大三四岁，2016年老公出车祸去世。女方给我说，不想再生孩子，男方不同意，我就给他做工作，要孩子负担重，不要就不要嘛。后来反复撮合，他们2017年结婚，请兄弟姐妹在家吃的饭，喊我去，我没去。结婚后，女的在厂子上班，男的下班后去幼儿园接女儿，女儿喊他爸爸，儿子没有改口，平时住校，喊他叔叔。

第七对，双方都是农村的，2016年介绍他们认识，男娃20岁，女娃19岁。男娃在修理厂上班，一个月五六千元收入，是第一对男方的侄子。女娃是新县城人，两人好以后，女娃去修理厂当会计。他们2018年上半年结婚，在农村办的婚礼，办了几十桌，他们开车来家里接我，谢媒婆时给我包了600元红包，给杨子120元红包，一个新鲜猪头，还放了火炮。婚后新家安在新县城，男娃算是上门，女娃现在怀孕了，在家休息。

这样的事还有很多，撮合那么多人结婚，只有一对给我红包。有人说你给别人当媒婆，咋不给自己找个伴儿，我说自己要管女儿嘛，日子就这么过吧。

点一盏明灯在大地上

汪工：男，1976 年出生，电力职工，失独父亲。

2018 年 6 月 9 日下午，我来到北川老县城近旁山腰一处芬芳四溢的农家乐，不用踮起脚尖蹦跳，随意展开双臂，就能摘到鹅黄姜黄苍黄、润泽光鲜的枇杷。蜜蜂在浓郁的枝叶间嗡嗡闹响，一只蝴蝶稳稳地站立在一朵酒红色大丽花上，蓝色花纹的翅膀扇动了几下，并没有惊艳丰满的花瓣，花朵连稍微颤动一下都没有。

正在我低眉细看的时候，三四个穿便装的男士说笑着迎面走来，红色的脸庞、过喜的眼眸，一瞧便知是刚喝过酒的。一位消瘦的平头中等个子男士快走两步，颔首向我伸出右手，我伸手的同时说道：汪工辛苦哦，周末还加班吗？

汪工说：连续两三个月大家都没有休息，保电任务终于完成，今天周末，一起出来放松放松。

我随口问：保电？是夏季用电高峰期保电吗？

·岩兰花开·

汪工看了我一眼，又看我一眼。大丽花上的蝴蝶早不见了踪影，娇艳的格桑花在若有若无的山风中轻松随意，青春正好。

时间似乎有点长，空气停滞了一般。或许他没有听见呢。再看他时，感觉他耳聪目明，可能是触碰到汪工的辛酸事了，来之前没怎么打听过他的基本情况。不觉想起几天前在都江堰采访时，有人告诫我，北川是一个碰不得的地方，不要见人就问，老县城出来的人，家家一把辛酸泪。

只知道他在 10 年前那场灾难中工作出色，被评为"全国电力系统先进个人"。10 年前的先进与我此书的写作关系不大，所以他不是我要采访的对象。数天前从成都出发的时候，四川电力公司分管宣传的一位熟人对我说，如果到北川，最好采访汪工一下。我一向抵触人情写作，来见汪工不过是交个差而已，没有做案头工作。

汪工旁边的小伙子打破了僵局，语速很快地说：地震 10 周年各种纪念活动比较多，成千上万的人从各地涌来，有各级领导，也有国内外众多媒体，每一位外来者都会来老县城看一看，我们分管老县城供电，这次任务完成得很出色，没有停一分钟电。

我心想，时间过得真快啊。10 年前，北川县城为汶川大地震中受灾严重的区域之一，县城所在地曲山镇几乎被完全摧毁，所有人搬迁出去，老县城成了名副其实的废墟，没有人居住，但还要向鬼城供电，这不是浪费吗？

我把疑惑藏了起来，只说：刚才去你们供电所，门口好像挂着擂鼓镇供电所的牌子。

小伙子说：地震后曲山镇供电所和擂鼓镇供电所合并，全县三分之一的用电量在这里，说着给我指点山下。

2008 年 6 月我第一次进入这片废墟，不但要检查证件，还要全身上下喷洒消毒液，出来的时候同样要消毒，双手必须伸进盛有消毒液的脸盆洗完手才能离开。后来有人问我，你闻到死人特有的味道了吗？我说，当时戴着两层口罩，没有闻到你说的气味，但看到了也许一生都不想回忆和述说的景象。

半年以后的 2009 年春节前几天，再次来到这里，却没有勇气走近废墟，只在通往老县城的山道眺望许久，然后黯然离去。眺望的地方，被当地人称为"望乡台"。地震一周年的时候，随着长龙般的人流再次进入，心中的伤痛愈加强烈并暗自发誓，远离这里，不再靠近。

来见汪工之前，我被告知汪工在供电所，却不曾想离老县城如此之近。北川中学遗址就在脚下，当年坍塌的教学楼，凌乱不堪的操场和花圈香烛冥币，已经被庄严肃穆的地震博物馆代替，绿茵茵的草坪和修剪过的松柏，显示着宁静高贵的气质，日夜陪伴着青春的灵魂。

我不敢走近他们，更不想唤起当年的记忆。10 年前离开震区，回到陕西就住进了医院，脖子上的术后疤痕蚯蚓一样依然清晰。我不知道是怎样熬过那段岁月的，那两年，躲着熟人走，星星都升起来了，还戴着帽子和墨镜，听见或看见"地震"两个字，就

·岩兰花开·

想呕吐。

一盘枇杷映现在眼前，上面还有一片书签般的绿叶，盎然中泛着太阳的光辉，叶柄布满褐色绒毛，单纯洁净，恍若童年。我愣了愣，回头看时，是汪工，想回敬他一个微笑，嘴角撕扯得有点痛。

从汪工端着的盘子里捏起树叶，提溜出一串金色的枇杷，接二连三，牵三挂四。肌肉瞬间活泛，话也多了起来。在树荫下的长条小桌前落座以后，汪工向我一一介绍，有他的同事，也有其他行业人士。

寒暄之后，我说：想了解地震伤残人员 10 年来的工作生活情况，请各位给予帮助。

意思是请他们提供线索，介绍需要采访的人，但我没有直说。

几位客气一会，像约好了一般，纷纷离座，还没等我反应过来，连飘浮着的酒气都消失了。再次感到尴尬和无助，没有官方介绍陪同的自行采访约等于乞讨，恨不得钻进密林深处，松鼠一般逃窜，百灵一样飞离。

只有汪工坐在对面，不停地说：刚摘的，多吃点，很新鲜的。

我没有打开记录本，也没有拿出录音笔，只忙着挑拣个大饱满苍黄顺眼的枇杷，缓缓地剥皮，悠悠地品尝，经验告诉我，只有这样的果肉才香甜清香。我暗自思忖，吃饱枇杷就下山。

汪工说：领导说你要来，其实我不愿意接受采访，10年了，有的事能触碰，有的事不想碰。

他的声音很低，即便是面对面，中间不过一米宽的距离，听起来也有点费力。仔细看他一眼，见他表情逐渐沉重，言语中渗透着再怎么用力，都无法撕开的忧伤。我停住了忙碌的双手，坐得稍微规整了一点，表情也严肃起来。

他四肢健全，显然没有伤残，但皮肤却与众不同，是一种被榨干水分的果皮样子，没有一点光泽和鲜活，说话的时候，额头的皱纹一跳一跳，脂肪和肌肉似乎不存在一样。熬干了，煎熬干了。

对的，倏忽间冒出的感觉就是这样，煎熬干了。不想碰？难道他有暗伤？

为了掩饰我对他一无所知，无话找话地说：你怎么这么瘦呀？

他说：失眠，离5·12大地震10周年越近，失眠越严重，已经失眠一个多月了，一天连两三个小时都睡不着，可能他们感应得到，我和他们在一起。地震后的两三年，也睡不着，天天失眠，再婚以后，有了儿子，睡眠好多了。

他们？她们？他们是谁？再婚？

我盯着他的眼睛，快速翻开记录本，开启录音笔，轻言细语地说：汪工，我记录一下，方便从头讲起吗？

他点点头，娓娓道来。

· 岩兰花开 ·

随着他的讲述，我的心一会剧烈跳动，一会向下沉去，眼睛时而温热，时而圆睁，偶尔，用手按压一下胸脯，呼出一口长气。

……我不是土生土长的北川人，老家在本省资阳市，1976年出生，成都水力发电学校毕业后分配到北川县电力公司，以前叫电力局。2003年国务院批准撤销北川县，设立北川羌族自治县，是全国唯一的羌族自治县。震后中央明确一省帮一重灾县，北川由山东省对口援建，一个地市负责一个乡镇，资金投入巨大，为了使灾区群众尽快过上正常生活，还建起了全国第一座110千伏智能变电站，是医疗、通信、建筑等行业恢复生产的动能保障。以前北川经常拉闸限电，线路抢修是家常便饭，现在少停电、不停电的目标基本实现了。

一般来说大灾之后必有大乱，5·12给生命财产和经济发展造成了巨大损失，但既没有发生瘟疫，也没有人逃荒，这与各级政府出台的一系列帮扶政策有关，相关省市对口援建力度大，三年重建任务两年差不多完成。基本实现了人人有保障，家家有房住。数万伤员得到救治，所有学生正常复课，孤老、孤残、孤儿和困难人员生活有补助，遇难人员抚慰金和丧葬补助及时落实，灾民的整体生活水平高于震前。北川新县城完全是农田上起高楼，房子是新的，街道是新的，小汽车随处可见。

电力供应要求更高，一点都不敢马虎，有一天晚上11点多，接到一位妇女的电话，说家里停电了，没法给孩子冲牛奶换尿布，也没有火柴蜡烛，请求帮助。一听是孩子的事，赶过去才发现跳闸了，恢复用电以后，教会她使用方法。另一次，一个地方电线老化，需要更换三根电线，傍晚时分已经更换了两根，还有一根第二天才能架，一想到晚上会有孩子因为没电摸黑，就一鼓作气，带着同事架完了最后一根线。

的确，我对孩子摸黑这件事很敏感，当然事出有因。地震当天，我在位于县城的供电所上班，第一时间跑到空地，最先是房屋倒塌的声音，紧接着是人的哭喊声和呼救声，整个县城地动山摇，山水间静卧的小城顿时尘土飞扬，灰蒙蒙一片。女儿当时三岁半，因为个头超出了同龄孩子，按照年龄只能上小班，却读的是大班。单位离幼儿园很近，第一反应就是找女儿，冲到女儿班主任跟前，一迭声地问，我的女儿在哪里，我的女儿在哪里，班主任对我无力地摇了摇头。慌乱中跌跌撞撞跑回家，出现在眼前的是腾着尘烟的残破，嗓子都喊哑了，也不见妻子和岳母应答，一家四口，只剩下我一人。

救人是活人的本能，小学的三层教学楼坍塌成两层，在一间电教室发现有四个小孩，椅子的一条腿插进一个男孩的腹腔，他没有哭，我也没有哭，但我的身子在颤抖。我对他说，你双手捂紧肚子我给你拔出来，他果然捂住那里，我把椅子腿拔了出来，他还是没有哭。我们用绳子拴住他往下放，下面有人接住，然后把他抱到操场躺下。此后很长时间，不知道那个孩子活着没有，想打听又不敢打听。

·岩兰花开·

撕心裂肺中的县城同时变成了无水无电的孤岛，有人劝我赶快转移，余震还会继续。我没有走，女儿平时怕黑，家里随时都很明亮，总在床头为她点一盏小灯，这一夜县城漆黑凄凉，哭声阵阵，女儿怎么能入睡呢，得为女儿点亮一盏灯，看到灯光女儿就会回来，就不害怕了。出于这个目的，忍住心痛体虚，拼尽全力，拉线接电，于震后第二天夜幕降临之前，在废墟上点亮了第一盏灯。全家人都知道我是供电人，为千家万户送光明的人，看见灯光，妻子、女儿、岳母一定会赶来，一家人肯定能团聚。最终，我没有等来家人，等来的是更强的体力劳动。从废墟中抢救伤员需要用电，供水需要用电，手机对讲机各种电瓶需要充电，那个时候，用电显得极度急迫和紧缺，电力人显得格外重要。

2012年我再婚，对方离异，没有孩子。我把家安在离老县城半小时车程的新县城，每周回一次家，按照我的条件完全可以到县局上班，天天可以回家，但我不想离老县城太远，依然在这里的供电所上班。现在大儿子已经六岁，妻子怀第二胎的时候，我默默祈祷，希望生个女儿，和以前的女儿一模一样，但生下来还是儿子，稍微安慰的是，大儿子酷似女儿。昨天回家，一岁半的小儿子趴在我肩膀上，安静地靠了大约一分钟，那一刻我幸福极了。但无数个失眠和不失眠的夜晚，自然会想起前妻和女儿，也会把现在的妻子和前妻比较，清晨醒来，泪水经常挂在眼角，枕头被浸湿。我还好，无论怎样难受，都不哭出声，听说一位男士，妻子也遇难了，重组家庭以后，梦中哭醒，妻子问他怎么回事，他说想她了，话音刚落，巴掌声响起，现任妻子容不得枕边人为别的女人哭泣。也有重组后的男女，忍受不了现任配偶的种种习惯，吵架冷战轮番上阵，然后分手，再婚，再分手。

2014年当我得知川内藏区需要电力援助，便主动报名，参加了甘孜州"电力天路"及无电区输变电工程建设。从羌乡到藏乡，从草长莺飞的北川到海拔4000多米的理塘县、石渠县，从农区到牧区，饮食不习惯是小事，重要的是因为高寒缺氧，山脊光裸，寸草不生，暴风昼夜不断。每户牧民院墙上都贴着牦牛粪饼或垒成墙垛，后来才知道牧民把牦牛粪按照一定比例，掺上泥土和成饼，晾干，这东西适合做燃料。人口集中的城镇总有买卖牦牛粪和羊粪的人，一麻袋几十元钱，满满一辆农用车几百元上千元不等。

时光逼近2015年元旦，全世界似乎都被大雪覆盖，施工车过冰河的时候打滑，差点翻车，我们只能相互搀扶，蹒跚而行。出任务是为一个变电站调试检测，保证附近群众元旦供电。晚上就近住在小旅馆里，开灯，无电，水龙头吊着半尺长的冰溜子，手一碰，咔吧脆响，断成节节冰凌。墙角潮湿的地方，生出晶莹剔透的小小毛刺，如同婴儿期的刺猬。所有液体都结了或薄或厚的冰层。

那一刻，多么希望有一抱柴火、几片包装纸、一捧牦牛粪，温暖，温暖，温暖原来如此真切又遥远。而广袤无垠的大地上，多少人每天都为获取温暖发愁，把生命中的许多精力用于对温暖

· 岩兰花开 ·

和光明的求索。世世代代，祖祖辈辈，天为衣裳地为床，在旷野放牧，在旷野生死，生与死近若唇齿。那一夜，我和衣而睡，辗转难眠，作为一个电力人，为更多人送去温暖，为大地点亮更多盏明灯，才是人生最美好的事啊！

孩子，还是孩子，我对孩子，尤其是小女孩，和女儿一般大小的生命充满怜爱，和他们在一起的时间就更多。暑假之时，带上三个藏族孩子到绵阳，参观科技馆、博物馆、游乐园、供电营业厅，让他们感受现代科技气息，开阔眼界，心向远方。我明确地知道，一个人的力量是有限的，终其一生也踏遍不了所有缺电地区，培养和引导更多孩子，变输血为造血，才会壮大点灯人的队伍，实现温暖更多人的愿望。所以，尽管后来离开藏区，回到北川原岗位上班，还和藏区保持着联系，孩子们联系我，会称呼我为"汪阿爸"。这几年，我带妻子孩子去过很多地方，但最想带他们去的是藏区，再过几年，小儿子大一点，会带上小哥俩重返藏区，认识一下那里的哥哥姐姐，和哥哥姐姐同吃同住，感受当地风土民情，自然风光，相信有益而无害。

目前大家非常关心脱贫攻坚，我们单位也不例外，我包挂了三家贫困户，给他们送旧家电，帮忙推销蜂蜜，帮老年人争取低保，帮年轻人培训就业，这些工作既新奇也有意义。

北川是我第二故乡，半生中的大部分时间在此度过。10年来，每年清明、5·12、除夕、前妻和女儿生日，都会到废墟烧纸燃香，但不会带儿子来这里，等儿子长大以后，会告诉他们一些往事。

自我感觉，对两个儿子的教育也还严格，希望他们快乐健康，不危害社会就好，不能陪他们读万卷书，可以陪他们行万里路。

在这里上班，尽我所能，使废墟和周围群众每个夜晚都亮亮堂堂，女儿和她的伙伴就不害怕，等我百年以后，要把骨灰撒在老县城的废墟上，永远和她们在一起。

画眉雨

君姨：女，1957 年出生，退休职员，失独母亲，夫妻均为三级残疾。

以下是君姨的讲述。

那个时候我们一家三口比较幸福，比较美满，我 1957 年出生，老公和我差不多大，儿子 1983 年出生。你看柜子上立着的这张全家福，是我们整个大家庭的照片，2006 年过年的时候拍的，父母健康，哥哥已经有孙子了，所以算是四世同堂。我们一共四兄妹，地震失去了这个弟弟，这个妹妹，还有我儿子，一下失去了三位亲人，都是年轻人，地震对我们全家打击很大。当时房子垮了，啥也没有找到，弟媳妇从废墟里找到原来的小照片，后来翻拍放大，每个小家庭都洗了一张，装进相框里，也是一个念想。

我儿子以前在太原卫星发射中心当兵，两年义务兵回来考进北川县国税局，军龄加工龄六年，工作比较优秀，我们一个单位，他在二楼上班，我在三楼上班，地震的时候他没有出来。老公前不久才从县医院退休，当时被压倒了，胳膊、腿和脑壳都受了伤，弄到重庆住院，到现在左腿里的钢板都没有取，骨头没有长好，进进出出拄一根手杖，在家里可以丢一小会手杖，出门就得拄，基本上整天在家里待着。我当时被埋了102个小时，也可能是104个小时，是二炮部队救的，我没有见过他们。右腿膝盖以下截肢，戴假肢，左腿是好的，但脚掌脚尖脚背没有了，只剩一个脚后跟，脚掌是安的板子。我们俩都是三级残疾。

哦，我老公回来了，你看他在家里还拄着手杖。你不用客气，他不爱说话，已经知道你要来，他不愿意提过去的事，不理你也正常。

哎，今天电视咋看不成呀，我开了几次，连个影都没有，你打电话问一下是咋回事嘛。

地震过后我们的生活么，活都活到了，你也看到我们俩就这个样子，要说依靠，也没有啥依靠，只有撑着。现在政策好，社会各界人士包括志愿者也对我们很关心，特别是单位上的同事关照也多。日子就这么过的，没法，生活所迫，说深了难受，大概就是这么过来的。没有啥说的，感谢你对我们的关心，我们两个不喜欢采访，当年在医院的时候就拒绝采访，不想再提伤心事。

噢，你这么诚心那我再说几句。

地震过后他在重庆中山医院住院，他姊妹家有受伤的，有

·岩兰花开·

房子垮了的，照顾了他一阵子，后来顾不过来，才回到绵阳中医院。我在重庆万州一家医院住院，到 9 月份把假肢安了，才回绵阳康复。尽管我俩都在重庆住院，距离不远，但都动弹不了，没有见面。当时吃喝拉撒自理不了，有个 70 多岁的老太婆在我手术后守了一个通宵，她多么好哦。老公是事业单位，住院期间国家负担费用，我们俩都算是工伤，后期治疗政策优惠，这一块还不错，有的单位不一定如意。

2008 年 12 月底我们住进永兴板房，行动不方便，吃大伙食。2011 年底搬进这套房子，请了个保姆做饭打扫卫生，我们没事干，也干不了啥事，就看电视，躺着看，坐着看，身体不活动难受，保姆干得也不行，一年没有做满就辞退了。

哎，四楼的也不得行哈，噢，原来主线断了，那可能是宽带出问题了，怪不得刚才开了几次，都没有动静，平常这个时候一集电视连续剧都看完了。

大家庭各有各的事，我们俩自己照顾自己，从早到晚，没有啥事，除过坐，还是坐，坐难受了躺倒，电视开的时间久。冬天早上六点半起床，夏天五点半起来，只要不下雨雪，先到小区打乒乓球，脚不痛打一个小时，有时候没有合适的人打，走一小会，走路腿脚会痛，连一里路都走不到，偶尔能走一里路，中间得有坐的地方，走一走要坐一会，停一会，歇一会。然后回来做早饭，煮面条或米线，收拾之后去买菜，菜市场人多怕磕碰到，坐电动轮椅去，回来收拾收拾，用热水烫截肢，看电视，再做中午饭。有时候午睡，有时候打麻将，最长能坐四五个小时，打赢了站一会，傍晚六点钟准时回来煮晚饭，晚饭后看电视，不管天亮不亮，下雨还是晴天，都不下楼，电视好看了多看一会，没有喜欢的，不看也得行，一般晚上10点休息。喜欢看古装戏和生活类节目，《甄嬛传》《乾隆王朝》和《宰相刘罗锅》都喜欢，看到军人还是很亲切，儿子当过兵，我是被二炮部队救出来的，所以也喜欢看部队节目。10年中看过一场电影，社区给的票，电影院没有无障碍公共厕所，后来就不去了。电动轮椅放在电影院大门外，没有人偷，北川人对轮椅有特殊的感情，不会随便冒犯，因为说不定哪一个轮椅就是自家亲戚朋友的呢。

老公有时候上网，在网上买养兰花的肥料和画眉鸟食，也买衣服鞋子，如果拿不动，快递人员会帮忙送到家里。平时买了重东西，用电动轮椅拉到楼下，熟人帮忙提上来，最重的东西就是10斤大米白面，碰不到熟人，提一阶，放一下，再提一阶，放一下。这些活都是他干，我一点都干不了，就是买菜，一次也只买一天的，多了拿不动。

刚才你问是什么声音，像雨又不是雨，差点把你吓到，其实就是画眉的声音，挂在阳台上，走近才能看见。主要是屋子太安静，忽然间叨叨，叨叨，叽咕，叽咕，肯定吓到你。我们家一般没有人来，偶尔来个人，坐了好一阵没有响动，猛然听见画眉在笼子里扑腾跳蹿，跟你反应一样。如果没有这4只画眉，家里就

·岩兰花开·

跟废弃的窑厂一样，静得连心跳的声音都能听见，画眉叫几声，才感到有活的东西。有人劝我们养猫养狗，养猫得跟着撵，要是爬到柜子顶上树梢上，没有办法抓回来。养狗得遛，我们都走不动，咋个遛呢？鹦鹉好看也想养，鹦鹉太吵，怕学会一句话，反复念叨，哪一句说得不对，心里不安逸，还有一个原因是鹦鹉不需要婆烦劳神，更不能天天洗澡，这样就失去了找点事干、打发时间的作用。

他不打麻将，只看电视、上网，右手左腿有伤，右手握不住东西，拿不稳筷子，只能用筷子挑着吃饭。每天早上把画眉笼子提到湿地公园去遛，遛个把钟头，遛鸟回来吃早饭，吃完早饭一边看电视，一边给鸟洗澡。中午凉快的时候走一会，走得久了腰腿痛，休息好了又给鸟洗澡，洗澡的时候看电视。晚饭以后，看电视，睡觉。4只鸟4个笼子，一次只能提一个笼子，另一只手要挂手杖，今天遛这只，明天遛另外一只。

画眉娇气，不能热着，也不能冻着，还爱干净。给鸟洗澡的水不能太热也不能太凉，尤其是天冷的时候，怕鸟儿感冒呕吐，洗澡后如果羽毛太潮湿，还要用电吹风吹得稍微干爽一些，天热的时候把鸟笼子挂在通风好的阳台上，天冷就放在客厅里，每天都要洗澡，一只一只地洗，洗的时候连笼子放进盆里，水也不能太深，太深了怕闷死，也怕把鸟儿的食碗和水碗淹没，水浅了小脚丫在水里乱跳，踩出小水花，溅湿地板。鸟和笼子一块儿洗，有一下没一下地浇水，翅膀尾巴不用说了，脚指甲、小尖嘴都要反复清洗，连鸟笼子的细竿子都擦了一遍又一遍。有一天忽然想，鸟是不是可以刷牙呢，这样花费的时间就长一些。一只鸟会洗一两个小时，洗澡的时候鸟儿比平时活跃，就逗鸟说几句话，如果鸟儿不言语，我们也不言语。画眉也通人性，有人来了扑腾得更欢实，叨叨不止，真的像下雨。

噢，还是你会说话，画眉雨，我就想不到这么好听的词儿。

地震前我天天锻炼，太极拳、太极扇、太极剑、柔力球、唱歌跳舞，呵呵，样样不落伍，老北川县城不大，上下班都是步行，一家三口都拿工资，生活还是安逸的，儿子耍没耍女朋友我不知道，没有领回家过。刚出来的时候同事亲戚接媳妇嫁女子，没法去，确实没法看到喜庆的场面。前两年上老年大学，坐电动轮椅去，一起唱歌玩耍，去了一个学期懒得再去，不想唱歌，也不想看到那么多高高兴兴人的脸。

一年四季随着气温变化，天晴下雨变化，早晚气温变化，戴假肢的感觉也不一样，早上戴着合适，下午气温升高，身体变热戴着就不舒服。阴雨天更不舒服，穿起来没法走路。早上打完乒乓球回来，用热水烫脚跟和截肢面，每天如此，烫完以后，血脉通畅一些，就好受一点。看电视的时候，如果疼痛，就把假肢取下来。有时候朋友喊到农家乐耍，还是坐着打牌，走不远。如果有一个脚是好的就好了，就轻松多了，整个人只有一个脚跟，没有稳定性，容易摔跤。

换假肢要去成都，省医院和香港一家基金会共同支持，一

· 岩兰花开 ·

年会诊两次，专家检查以后，认为可以更换，才打报告，用石膏做模型，购买材料，取完模型，再回来，等假肢做好以后，通知去试穿，试穿如果不合适，再调试，如果合适，穿上就回来，早上去成都，晚上回家，一般不在外面住宿，戴假肢在外住宿不方便，换一次假肢，前后要去两三次。我们工伤这一块，三年通知换一次，有的腿脚萎缩快，换得勤。全省这种伤员很多，包括学生。

哎，你看一下连上网没有呀，再打电话催一下嘛，都 10 点钟了，还是看不到电视，一会都要做午饭了。

中午我们一般炒一两个菜，荤菜素菜都吃，吃得少，倒得多。除夕年夜饭在我哥哥家吃，晚饭后就回来。柜子上的木酒桶，都是在网上买的，他喝一点，我不喝，喝醉了摔倒就麻烦了。高脚玻璃酒杯是搬房子买东西的赠品，刚住新房子那会儿心劲大，想着经常能喝酒，其实一次都没有用过，算起来应该有七八年了。那几年还绣十字绣，你看墙上这幅《花开万年春》是我第一幅绣品，绣了两三个月。这幅《旭日东升》绣了一年时间，2米乘80厘米，左边有瀑布，中间有山峦，右上角一轮红太阳，挂在墙上好几年了，颜色还很鲜艳。

按说我们应该住一楼，当时规定肢残盲残一二级住一楼，我们是三级残疾，申请房子的时候填表，说明我们是残疾人，上下楼不方便，结果摇号分房，全凭运气，房子最高六层，也有五层的，有七八十岁的摇到顶楼。我们摇的是四楼，一个熟人看我们恼火，跟我们调换了一下，所以现在住二楼，但能住上这么宽敞的房子，也是震后最欣慰的事。

当时也想添个孩子，50 出头也不算太老，但我连一秒钟都站不稳，他更没办法。现在碰见熟人的孩子，想抱一下都抱不了，只能坐着抱一下。平时我们两个不太说话，也没啥说的，一人住一间房子，从地震后就没有夫妻生活了，两人腿脚都残疾，没有兴趣也不方便。这几年睡眠还可以，能睡得着。平常不去老县城，清明节还是要去烧纸的，爷爷奶奶的坟墓都在那里。

我 2009 年上班，2012 年底退休，10 年中出过一趟远门，就是跟同事参观上海世博会，结束后到扬州学习，上下飞机同事帮忙推轮椅，天气比较热，大部分时间在宾馆待着，听说有个瘦西湖，没有去，来去半个月，玩得很高兴。

只要能活着，身体好就好，对以后不好计划。

哎，今天上午看不成电视了，网络还没有好哇，你再打电话催一下嘛。

十年前的新鞋

俊香：女，1969 年出生，农民，高位截瘫，一级残疾，丈夫和女儿遇难。

以下是俊香的讲述。

我们原本一家四口，丈夫、女儿、儿子和我。丈夫在北川县城跟人一起搞室内装修，女儿当时 17 岁，在北川中学读高二，儿子 13 岁，读小学六年级。以前住在山上，我和丈夫文化程度都不高，一家生活并不宽裕，我在陈家坝乡的街上开了一个缝纫店，现在乡改为镇，街道还是原来的样子，店面在一楼，那一天，四层楼的房子垮了，我被压住了。

5 月 13 日部队从江油方向进入陈家坝，救出我以后，将我转移到江油，16 日南京来的医生给我做的手术，然后救护车把我送到重庆一家医院，在重症监护室住了十多天，总算活过来了。头脑清楚，右肩胛骨骨折，几个月以后双手才能动，肺部和心脏也受伤了，胸部和腰椎伤得太重，算高位截瘫。几年以后，姐姐才告诉我，当时医生没有把握救活我，让家属有个心理准备。

在医院的时候，姐姐和弟弟看护我，接电话的时候躲出去，看见他们脸色，我就明白了，提心吊胆的事情发生了，在我一再追问下，弟弟只有告诉了实情，丈夫和女儿都遇难了。当时已经是 6 月份。好好一个家，人没了，家里的房子垮了，那种痛，只有自己知道。

我动不了，四个护士才能帮我翻过身，大小便失禁，喝水和大小便都得定时。2009 年的一天，我瞅着病房里没有人，使出全身力气，终于爬到窗台上，正在我推窗子的时候，我妈进来了，扑到我身上，用力抱住我的双腿，我都没有知觉，过了一会，没有动静，原来她晕倒了，医生护士齐上阵才把她救过来。

姐姐弟弟都成家了，不可能天天守着我，我妈70多岁，跟我一起顿顿吃盒饭，好几次我闻到盒饭就想呕吐。我妈就在病房泡了泡菜，有泡菜吃，饭量增加了不少，她还买了电饭锅，煮稀饭腊肉香肠啥的。吃完饭以后，她就到附近小区的垃圾箱捡垃圾，每个小区有相对固定的收破烂人，为捡到更多垃圾，卖多一点钱，我妈常常受气，忍不住会念叨几句。她也认识了小区一两位心地善良的老人，姐姐有一次拿来了腊猪脚棒，病房没办法烧猪皮猪毛，也没有砧板剁断，我妈就拿到小区一户人家煮好，也许是太香了，刚端到病房就被护士发现了，护士长没收了电饭锅，我好难受，就给医生告状，结果护士长送来一只烤鸭，算是对我的安慰。

· 岩兰花开 ·

住院的时候，我还绣十字绣，有一幅比较大，绣了 8 个月，有时候坐在轮椅上绣，有时候躺在床上绣，绣好以后卖出去。逢年过节医生护士和病友一起过，我儿子也到医院跟我一起过年，有一年大年三十有十桌人哩，看起来热热闹闹，可每次过年，我都要哭一场，丈夫、女儿不在了，还不能正常生活，不能回家。志愿者怕我们孤单，天天送来《成都商报》，还有送旧电视的，也有送小礼品的。康复医生非常用心，给我准备了假肢，但我截瘫位置太高，根本站不起来，用不上假肢，他们的良苦用心无法阻止我流泪。我大部分时间还是康复锻炼，后来按时按点吃饭喝水，定时大小便，生活终于能自理了。

我在医院整整治疗了 7 年，一直到 2015 年医院派车把我送回家。他们没有把我送到山上，山上的房子倒塌了，而是送到这里，这是我的新家，属于安置房，还在一楼，南北通透，客厅、卧室、厨房的每道门都能过轮椅，轮椅还能进厕所，房间任何地方都能自由出入，这是我没有想到的，躺在床上不知道是在哪里，每次醒来都要想好一会才确定在自己家里，房子又大又明亮，还在陈家坝镇上。所以，我在家里又开起了缝纫店，只有这个手艺，没有其他挣钱渠道，做一条裤子 15 块钱，锁裤子边收 4 块钱，现在好多人买成品衣服，不太穿手工衣服，年轻人还在网上购买东西，有时候好几天都没有一个人来。

我已经领养老保险了，加上一级残疾护理费，每月有 600 多元生活费，贫困户补助还有一点，如果不吃药不看病，生活费够用。你看桌子上这包药，有好几种，止痛药要天天喝，还有消炎药，防治肺部感染，胆结石也闹得人不舒服，有一次春节肺部感染，痛得衣服都不敢碰，躺了三天起不来，大年初四儿子把我送进医院。有人给我介绍老伴，有的还是健全人，我怕麻烦别人，不想给人添负担，一个人过也挺好的。

这么多年，对儿子最愧疚，虽然他没有受伤，但同样是地震的牺牲品。地震以后他被送到云南躲避余震，后来在北川中学读书，有时候在舅舅家住几天，有时候在叔叔家住几天，家里不但没有人，房子还没了，真的是家破人亡、无家可归。以前儿子爱说爱笑，开朗好动，几年时间完全变了样，一下子不爱说话了。这期间绵阳几个企业家资助儿子读书，儿子读到高二成绩下滑，他不想太麻烦人家，就拒绝了资助。读本科需要更多钱，所以只读了三年大专，一年两万元，欠了六万元账，房子贷款五万元，一共十多万。

儿子毕业以后，有志愿者帮他联系到广州一家公司，他想离家近一点，这样好照顾我，就在绵阳一家公司打工，前一阵子耳朵听不大清楚，去医院检查，双耳有骨膜积液，可能要做穿刺手术。他要了一个女朋友，还在读书，到家里来过几次，对家里情况比较了解。

儿子脾气特别好，对我非常关心，两天给我打一次电话，地震10周年的时候，特意赶回家，给他爸爸和姐姐烧完纸以后，趴在我后背，搂着我肩膀说，妈妈，我已经长大了，以后不要为我

·岩兰花开·

操心，我们好久没有照一张正式照片了，高兴一点，照一张合影吧。听到这些话，心里想哭，当着儿子面又不能哭出来，就把一双 10 年没有穿的黑布鞋找出来，对儿子说，把这双鞋也拍上吧。

你看杜老师，这双鞋还是新的呢。

生活进行时

大刚：男，1971 年出生，重灾区某医院负责人，失独父亲。

以下是大刚的讲述。

噢，你是陕西作家，陕西作家受人尊重，路遥《平凡的世界》对我们这一代人影响很大，尤其是像我这种从农村走出来的大学生。你说很多人不愿意接受你的采访，这是很正常的。

我因为处于这个位置，如果需要会陪同上级领导去北川老县城参观，但从内心来讲，肯定是抗拒的，不愿意触碰这个话题。地震 10 周年之际，接受了一二十家大大小小的采访，我都不去老县城，别人也能理解，尽量让其他同志陪同。

前一阵子，一个跟我经历差不多的熟人在微信朋友圈发了一段文字，说 10 年看起来很长，创伤表面上看起来愈合了，但 10 年也很短，好不容易平静一点，10 周年活动搞得轰轰烈烈，伤疤又被揭开了。

· 岩兰花开 ·

那场灾难到底给人造成了怎样的创伤，有怎样的表现形式，各个年龄段各不相同，先从年龄最小的人群说起。

（一）12 岁以下

这个年龄段指幼儿园和小学低年级，心理成熟度差不多，天真无邪，无忧无虑，对害怕没有概念，让他从很高的地方走一趟，他就走一趟。对他说好多人掉下去会死，他们也置之不理，对死亡没有概念，还没有形成独立思考的能力，从众心理突出，集体行动明显。

单位逢年过节组织职工家属聚会，会和不同年龄段的孩子谈心交流，不管是身体恢复还是心理情况都要了解，发现问题及时开导，这方面我还是有发言权的。

当时上幼儿园的孩子，现在读初中高中，随着时间的推移，如果家人没有受创伤，对恐惧感觉不到，不知道危险，记忆不明显，对那场灾难慢慢就淡忘了。

（二）小学高年级和初中阶段

这个年龄段的孩子能理解什么是生离死别，有个人情感，逐渐形成自己的思想，能独立思考。对待人和事会掺杂个人感受、感觉和认知，对个体的人和事有明确的认识，不会从众。

目前这些孩子正读大学或已经毕业，我儿子1997年出生，当时读五年级，同班同学现在马上大学毕业，这一类人肯定不会接受你的采访，因为正处于叛逆阶段，面对你可能保持沉默。那个时候有心理援助，但没有现在这么进步，这些孩子已经知道恐惧，记忆深刻，加之受创伤人员太多，父母把大量精力投入到抗震救灾之中，包括后面的对口援建，重建家园，疏于对孩子的关心和安慰。当时学校快速复课，以至于有些少年的创伤没有得到舒缓和释放，造成长期压抑，心结越来越坚硬，难以打开，这个群体大部分和父母关系紧张。

具体表现为性格倔强，以我小姨子的女儿为例。

我妻子娘家是老北川人，祖孙三代中四人遇难，上一辈中岳母遇难。妻子有三兄妹，一男两女，小姨子遇难。三兄妹各有一个孩子，两个男孩一个女孩。两个男孩遇难，分别是我儿子和她弟弟的儿子。

三个孩子年龄大小差不多，从小一起玩耍，周末一早就打电话，约到哪儿去玩，在哪家吃饭，哪个题咋样做，哪个同学买了新书包，哪个老师不好，啥都说，跟自家亲人一样，忽然间母亲遇难，外婆遇难，两个弟弟没有出来，创伤之大可想而知。

小姨子的女儿，和我儿子一个班，学习成绩非常好，母亲不在了，父亲忙碌，大人无暇顾及她。我和妻子面临再生育，都是单位骨干，重建工作十分繁重。为了减少伤心，让她在绵阳念初中，初二送她到学校报到，帮忙挂蚊帐铺床的时候，她说学习没

·岩兰花开·

有希望，前途渺茫。大人对她有求必应，要啥买啥，毕竟母亲没有出来。所以她不缺钱，银行卡里随时都有钱。初三的时候学习成绩一滑到底，早恋耍朋友，夜不归宿，离家出走好几次，一次出去好多天，说是出去旅游。她知道手机能够定位，大人只要找到公安局，就能找到她，所以经常换手机或换手机卡。有时候大人找到和她一起玩的同学，找到定位，马上要找到她了，卡又换了，又不见踪迹。家长和老师怎么找都找不到人，她跟谁都过不去，谁的话都不听。有一次终于找回来了，我妻子，也就是她姨妈狠狠地批评了她，她舅舅打了她几耳光。

后来强行把她从绵阳转到北川中学，我们几个大人经常跟她聊天，很多同学老师和她有同样经历，感同身受，同病相怜的人更容易交流和沟通，高中阶段，慢慢就扳回来了，现在川外一所大学读书，每次寒暑假回来都跑到家里来玩，和我们相处得非常融洽。

她读高中的时候，父亲重组家庭，女方离异带了一个男孩，大概四五岁的样子。上大学的时候，她让舅舅送的她，不让父亲送，对父亲重组家庭心有不满，认为父亲对不起自己的母亲，对自己的爱也会减少。读大学以后，跟家人关系和谐多了。

这类人的心目中，父亲和母亲这个称呼无比神圣，谁也无法替代，不管是父亲还是母亲再婚，都不会叫后来者爸爸或妈妈，即便是叫叔叔阿姨，也要经历一个漫长的过程，从心理上完全接受这个人，时间更长久，有的几十年或者一生都无法接受。只是出于对长辈的尊重，态度才平和，但心里是不亲的，有距离的。

这个年龄段的最大特点是，拒绝和他们生活不相干的人和事，把不想让人看到的东西包裹起来，心理创伤最严重的，也是这个群体。

还有一个案例也能阐明这个观点。我们这种农村考出来的大学生，兄弟姊妹多，父母要权衡斟酌，为了保证一个孩子读大学，一般是供学习好一些的儿子，其他兄弟姐妹就得早早承担家庭负担，外出打工或在家务农，拼尽全部力气供养一个大学生。我是川内某医学院毕业的，1971 年出生，大学同学有 4 个分到我们医院，年龄也相仿。3 个男同学，全在外科，1 个女同学，在五官科。其中一对结婚生子，地震前妻子调到绵阳工作，丈夫没有出来。4 个同学 2 个遇难，只剩下我和那位女同学。这两个男同学在兄妹中都是最有出息的，30 多岁事业刚刚起步，自己的小家庭还不宽裕，对大家庭有担当的时候忽然离去，如同天塌下来一般。

地震后五官科医生一个都没有了，女同学又调回来，在孩子上高中的时候再婚，男的年龄比较大，没有再生育。孩子和我儿子一个班，也是男孩，学习中等偏上，非常聪明，他跑得快，一个班只活了 7 个，他就是其中之一。在他心目中，父亲那么优秀，学习那么好，说没就没了，学习没有什么意义。他说除了学习，对啥都有兴趣。干脆就不学文化课，对电脑和游戏产生了浓厚兴趣，有一次参加电脑信息化竞赛成绩不佳，受到挫折。我跟他交流，说打游戏没有打通关，要换个角度，坐到教室去好好学习。年龄大一点，自己也知道努力了，后来考上了哈尔滨工业大学。

（三）高中阶段

高中阶段感情非常纯真，最大的创伤是同学没有出来。后来不停地接触新知识，变换新环境，如果再回忆当时的同学和事，不一定记得多清楚。几个读完医学专业，分配到我们医院的年轻大夫，交流的时候对我说，当时很痛苦很伤心，那么多同学都没有了，或者不同程度地受伤，地震就是看运气，自己出来了，运气比较好，灾难颠覆了以前的一些认知。譬如，人在灾难面前是渺小的。那么纯洁美好的同学情，情窦初开的少男少女，突然一瞬间，眨眼之间，同桌没有了，舍友没有了，老师没有了，什么都没有了，跟梦一样。我理解这不是创伤，而是心理阴影，不一定有多大痛苦。

这个群体，尤其是北川中学的学生，全世界都出名了，是社会关注的重点，接受的心理援助要多一些，疏导及时，伤害小一些。自身和家庭没有受伤的人，心理上基本没有多大影响，只是回想起来会恐惧和害怕。

男女生表现形式也不同，相对来说，男生更坚强一些。

2008 年以前，我们很少注重安全教育，预防培训少，防灾减灾知识缺乏，很少有哪家机构单位出面，指导地震来了该怎么逃跑。作为医生我们是知道的，地震来了该躲到哪里，躲到哪里受到的伤害最小，怎样逃生等，但没有科普意识，包括医院也一样，没有做这方面的引导。那场灾难，北川老县城人员伤亡惨重，我们医院连退休职工180多人，只有40多人出来，完整家庭极少。

一般人不知道防灾常识，尤其是女孩子。家庭中如果母亲强势，女儿独立性也强，到了某个年龄段，跟母亲的心性相似，遇到困难，应对能力强一些。男孩子性格随父亲多一些，父亲再强大，不一定影响到每一个女儿，所以女生心理问题相对多一些。

（四）地震孤儿

地震中创伤最严重的，一类是地震孤儿，一类是失独父母。

父母都没有出来的，孩子的整个人生轨迹完全发生了变化。

一家三口全部遇难的也有，一家三代全部被埋的也有。我们医院一位职工，儿子媳妇全没了，只留一个孙子，自己带，非常溺爱，平时不参加热闹活动，不让孩子跟陌生人说话，天没黑就把孩子领回家，更不会接受你的采访。这类人受伤害最大，每当想起，都无法释怀。这些孩子性格多少会出现问题，自卑、孤僻、怯弱，有的可能会持续一生，甚至传到下一代，生活工作都不会太平顺。

　　我们医院有的夫妻双方都遇难了，孤儿就有好几个，女孩子多一些。父母遇难，政府补助一个人工伤赔偿、丧葬费、抚恤金等一共几万元，一个孤儿名下就有十几万元存款。义务教育只供到初中毕业，读大学费用有的减免，有的不减免，到后来有人生活得很拮据。

（五）震后宝宝

　　夫妻双方任何一方遇难，对彼此伤害都不会太致命，失去子女，是最大的伤害。重组家庭，有的比以前生活幸福，男的比女的大 5 至 10 岁比较普遍。

　　子女遇难，夫妻震后选择离异的也有。重组家庭再生一个孩子，都绕不开原来的配偶和孩子，最终离婚的也有。一个女的被埋，丈夫施救，没有工具，救得很艰难，晚上丈夫放弃了，女人很绝望，后来被部队救活，两人尽管生活在一起，关系并不好。

　　失独父母分两类，不能再生育人群和再生育群体。

　　年龄在四五十岁，无法再生育的，比如孩子 20 来岁遇难，这部分人最惨，再怀孕的可能性很小，试管婴儿存活率低。这类人给他们什么都无所谓，靠谁都靠不上，怀不上孩子，职位上不去，也没有什么荣誉，除过工资和退休金，没有任何收入。

　　我们单位上个月才退休一位职工，孩子地震时没有出来，当时夫妻双方都 50 岁左右，他老婆双下肢截肢，他本人手脚受伤，在重庆做手术，我去重庆接他回来的。两人心态倒还可以。我们关系比较好，有时候会聊起这件事，我对他说，这辈子你没有亏待儿子，你对得起他，他学习工作也很开心。这么多年，儿子对你们也很孝顺，天灾谁也算不过，没办法。你们该买房买房，该买车买车，想出去旅游就出去旅游。但他老婆出门要坐轮椅，限制了出行。他做了 6 次手术，内固定还没有取，到现在骨头没有长好，走路要拄拐杖。

能够再生育的父母一般年龄偏低，但尽管有了震后宝宝，心中的伤痛还是难以抚平。

政府出台了政策，鼓励这部分人再生育，各项费用免费，但 10 年过去了，这个群体还有一些人没有孩子。已经结扎的人可以做再通手术，但即便是再通成功，女方年龄大了，排卵数量少，而且质量不高，怀孕的可能性也不大，一位同事做了两次试管婴儿才成功。

不管是自然怀孕还是试管婴儿，再生育的孩子，也就是震后宝宝会呈现出一些特点。我们这个年龄段的夫妻，再生育的孩子问题比较多，如残疾、缺陷。大部分孩子在 4 岁之前发病，超过 4 岁发病的，恶性程度一般不高。

一个女同事，再生育的女儿多一根手指。一位男同事的孩子先天性白内障。一个熟人本来两口子过得好好的，大家庭受伤害，但一家三口很完整，女儿聪明伶俐很正常。他们是少数民族，可以生二胎，看见别人再生育，他们就又生了一个，没想到生下来是个先天性愚型男孩，已经六七岁了。这种孩子眼距很宽，嘴巴要么天包地，要么地包天。听说这个孩子尿道下裂，肾脏和肺都有问题。这种孩子一辈子不能自理，可以上特殊学校，全靠家人抚养。

我现在这个儿子 2009 年出生，4 岁的时候检查出眼癌，患这种病的孩子为了保命，要尽早做手术。孩子在华西医院做的手术，一只眼睛摘除，化疗了 8 次，装了一只假眼睛，看不清东西，已经 5 年了，现在没有什么问题，不戴眼镜，假眼珠颜色和真眼珠不太一样，所以看得出来。孩子身体在逐渐发育，眼睛也会长大，现在安的是临时眼片，10 岁以后，再换眼片，换一次几千元，材料好的上万元。一般四五年换一次，有的可以管 10 年，也有一辈子不换的。

（六）地震后遗症

大灾之后大家衣食无忧，劫后余生的人算活第二辈子了，而且已经活了 10 年，生活顺利，高高兴兴。癌症与心情有关，女性发病率高于男性，震后情况也如此。每个人身上都有患癌基因，在一定条件下被激活，就表现出来了，震后先天性心脏病和恶性肿瘤高于以前，有年轻化趋向。

北川职业技术学校一位女老师，地震的时候 46 岁，月经正常，每个月准时来，一次7天，对月对日，从不紊乱，震后再也没有来过。一位女士来就诊，40岁就绝经了，这种病症并不稀奇，主要是由惊吓、神经紧张造成的。

有人表现为失眠焦虑健忘。本人以前并不恐高，震后不敢坐飞机，如果坐飞机，要把座椅抱紧，怕晃，不敢去玻璃栈道，不敢站在高楼层的阳台上。

震区的人还有一个特点，不管哪里发生了地震或者灾害，第一时间捐款捐物，表现得非常踊跃。

作为医生，有时和军人是一样的，灾难来临的第一时间，考虑的是救助他人，对伤员进行分类，先抢救重伤员。震后我们医院元气大伤，医护人员伤亡严重，经历过地震的人有情结，对原来的单位和环境有感情，有的原本可以调离北川，但都留了下来。有的觉得丈夫、妻子或朋友、同学离开了，一定要把原来单位建设得更好，工作干得更出色。活下来的职工对原单位比较熟悉，几年内都成为业务骨干，骨干如果走了，单位就垮了。

也有别的医院高薪聘请我，我都舍不得离开，一场灾难使人变得情感脆弱，有种故土难离的情绪。这几年招聘引进的专家医生，工资普遍比老职工高，地震中出来的人对金钱看得比原来淡然，够用就好，所以整个医院并没有多少矛盾。

医生经常遇到送红包的情况，不送红包患者家属心里不放心，觉得没有把握。实在拒绝不了，先收下然后交给护士长，转到患者的住院押金中。有的患者康复以后，会送来土豆、山药、卷心菜，一般会收下。下乡义诊，村民送来一块豆腐、几个红薯啥的，也会拿上。

（七）老人的心病

我家在重庆，弟弟在重庆上班，他结婚 10 年没有孩子，妹妹有个女儿，三兄妹只有我生了个儿子。地震发生后第一时间救治伤员，5 月 17 日才去找儿子，妻子很幸运，没有受伤。父亲抱怨我，为什么不先救儿子，后来我专门回老家，和他深谈了一次，说我是医生，如果不救伤员，会后悔一辈子，但他心里的结，一直没有打开。

再生育以后，还是一个儿子，虽然眼睛有疾，心理上没有问题，2015 年他 6 岁的时候忽然问是不是有个哥哥，他在哪里死的，什么时候去看看他，他学习好不好，喜欢什么玩具，喜欢看什么动画片。

当时我很惊讶，呆呆地望着他，心想他已经长大了，就告诉了他。这些震后宝宝，也会交流从来不曾谋面的哥哥姐姐，有时候回家也会说起，我们都不回避这些事。

岳母没有出来，老丈人 60 多岁，没人陪伴，除过看电视还是看电视，成天唉声叹气。他年轻的时候在青海搞地质工作，儿女由岳母带大，孩子跟母亲感情深，反对他再婚。

老人有青海情结，震后一年故地重游，带回来一个青海阿姨，两人住了一段时间。两个子女态度不积极，我给他分析利弊，说阿姨离得太远，生活习惯不一样，性格也不合。老丈人接受了建议，后来在本地找了个伴，年龄比他小10岁，2011年领证结婚，我们给他办的婚礼，热闹隆重，生活得很开心。

多赚的日子

明子：女，1972 年出生，城镇无业人员，双腿高位截瘫，一级残疾。

时至今日，经历了夏季、秋季、冬季，依然为能见到她心存感激，艰难的采访书写在她面前都轻若拂尘。将她的故事写出来，让更多人了解这样一个群体，他们的生生不息，苦难中的坚韧与豁达，顽强中的不屈和善良，时时提醒自己，无论未来多么孤独无奈，都没有资格说痛苦，都应直面前行。因为，我遇见了她，一个叫明子的女子。

记得汶川县银杏乡一碗水村的王姓中年妇女，指着高高的岷山笑呵呵地对我说，你看那陡峭的山崖上，长着一种花，叫石板兰，也叫岩兰，一点点泥土就能生长，春末夏初会开出黄色紫色黄褐色的花朵，老远都能闻到香味，价钱不错，丈夫去世以后，我就靠挖这种兰花养活三个娃儿，有一次爬得太高下不来，顺着刺楸树往下溜，手脚衣服划得稀烂，还碰到过眼镜蛇、野猪、麂子，就是那个时候把胆子练大的，地震的时候，眼看院墙要倒塌，一手拨开女儿和外孙，他们没事，我受伤后坐轮椅，锻炼了几年，前一阵子在映秀参加马拉松比赛，挂着拐杖跑了三里路，哈哈。

看着她灿烂的笑容，忽然觉得她就是盛开在岷山上的岩兰花。北川的明子，同样也绽放在岩石上呢。

以下是明子的自述。

我是一个爱说爱笑喜欢热闹的人，唱歌、跳舞、羌绣，没有什么不会的，就像我的名字，阳光快乐。我1972年出生，丈夫比我大两岁，他高中毕业，当过兵，我们俩都是羌族人，没有固定工作。丈夫买了一辆面包车，跑北川县城到我娘家之间的客运车，两地相距45公里。我们在老家栽了一片林地。儿子1995年出生，以双百的成绩考上了绵阳一所私立学校，初一，住校。

公公婆婆在县城有一套房子，以前我们一起住，孩子大一点以后在外租房，一家三口生活得很有期待。当时有三个愿望，在县城买一套房子，暑假的时候带儿子去北京看升国旗，然后怀第二胎。

故事还得从2008年5月11日晚上说起。

那天晚上，我穿了一双新款高跟皮鞋，精巧合脚，漂亮极了，我喜欢穿高跟鞋，5月1日商店打折，一次买了三双，另外两双是高筒皮靴，也是高跟的，打算秋天穿。舞跳得正欢实的时候，丈夫从我娘家打来电话，说林业局去检查，要看一下林权证，让我明天到县档案局取一下林权证。

第二天吃过午饭，天气非常闷热，午觉醒来，准备乘三轮车

·岩兰花开·

去档案局，被一个朋友叫住，早上去办事会顺利些。心想第二天早上再去，就一起去了茶楼。茶楼的主人排行老五，我们叫他五哥，妻子刚生了一个女儿，还在月子里。茶楼一共四层，我们在二楼包间打麻将，外面是一个大厅。刚打了一会，感觉在摇晃，都知道是地震，却没有动。一个麻友说，别怕，继续打。因为从春节到三月份，陆续有小地震，其中两次感觉明显，灯泡摇晃得很厉害。听说有的机关单位发了塑料小扇子，扇子上印有预防地震小常识。

麻友刚说完，主震就来了。

已经跑到大厅门口了，想起手机和赢的140元钱放在麻将桌抽斗里，我返回身去取，抓起手机和钱拼命往外跑，刚跑到楼梯口，发现楼梯正在垮塌，台阶上的人一个一个往下掉，一个麻友头发长至小腿，垮塌时的惯性尘风，将长长的黑发吹拂到我脸上，瞬间感觉自己也要掉下去。赶紧向后躲闪，将高跟鞋卡在楼梯扶手上，使出全身力气靠在墙根，下意识地将随身背的小包举到头顶，双手抱头，手里还抓着手机和钱。当时脑子里闪出一个念头，老天请给我留一条命，我还没有看见儿子呢。然后，什么都不知道了。

醒来的时候，第一反应是高兴，自己还活着，瞬间感到害怕，后来就不怕了。脖子以下全被掩埋，脖子能动，能看见一小块天空，右肩膀好像脱臼了，右边头顶有一块很大的预制板，如果掉下来正好砸在我头上。试图伸出左手去拨，灰尘太大，眼睛看不大清楚，当时穿了一件长袖白色衬衣，把袖口翻过来擦拭眼睛，擦了满袖口的血，搞不清哪里受的伤。右下边有人在叫，原来是王哥。长头发女人没有声音，她丈夫姓王，我叫他王哥，他说什么也看不见，让我赶紧打电话求救。我说打不出去，过了一会，王哥的声音渐渐微弱下去，还能听见男男女女的呻吟声。

终于，从另一栋楼的废墟中爬出一个七八十岁的老头，是我们这个片区收废品的，从我头顶爬过去，他吓得浑身发抖，我见到他就像见到救命稻草，请求他把我掏出来。他说姑娘，我救不了你，我走路都走不动，只能爬着走，你是谁，我去帮你叫人。我说了自己和家人的名字，过了好久，并没有人来救我。

王哥让我大声呼叫，我不知道房子是向河边倒还是向山边倒，如果向河边倒就意味着不管怎么呼叫，都没有人能听见，后来丈夫说就是向河边倒的。我能听见公路上人的喊叫和急促奔跑的脚步声，公路对面就是曲山小学，能听见孩子哭天喊地的声音。呕吐的感觉越来越强烈，并且想睡觉，我当时不知道这就是休克，拾一块砖头枕在头下闭眼睡觉。王哥见我没有声音，就叫我不要睡，一旦睡过去就醒不来了。他当过兵，年龄比我大，也清楚有人救出我，才能救出他，所以他叫得很急迫。他说不能睡啊，睡了就醒不来了，就再也见不到你儿子了，我就拼命撑着，一会清醒，一会迷糊。他说今天我们结成生死兄妹，如果我们都活着出去，就是比亲兄妹还亲的兄妹，如果我出去，一定照顾你儿子，就像亲爸爸一样待他，如果你出去了，一定要找到我老婆

· 岩兰花开 ·

女儿，把我女儿当成自己的亲生女儿。

五六点钟的时候，天快黑了，听见丈夫在公路上叫我名字，他知道如果我玩的话，就在那家麻将馆。他一见到我就用袖子给我擦脸，然后捧住亲吻，我一条腿与上身保持90度直角，背上有个小碗口大小的血包，头上有个伤口。刚好一个同学来找自己的老婆，丈夫就请他帮忙，慢慢把我挪出来，我双腿没有感觉，心想是压得太久的缘故，过一段时间就会好。两人用一块门板把我抬到人民广场那个位置，听见很多人说话，又返回去救王哥，结果只有王哥和我活下来，打麻将的20多人全都不在了。

公公婆婆的房子倒塌了，人还安全。丈夫从出租屋拿来一床棉被，给我铺盖好，我随身背包里有止痛药，想找水喝药，丈夫不让喝，说万一有内伤，喝了会麻烦。右边的父子俩从超市拿了几瓶酒，那个时候商店倒塌，商品随便被拿走。丈夫跟他们要了一瓶，我用酒喝了一粒药，顺便用酒清洗了头上和背上的伤口。左边是一家三口，女儿是从小学掏出来的，只听见女孩叫"妈妈我好痛"，母亲说，忍一下，天亮了我和你爸爸就带你出去。不知道过了多久，女孩不叫了，夫妻俩哭得不得了。偏着头看，隐约看见孩子已经死了，那一瞬间，心里才有点发颤。

5月13日凌晨四五点的样子，下雨了，我开始发烧昏迷，丈夫跑到一辆车上找来一个纸板，盖在我头上，他在旁边干坐着，喊我不要睡着。尽管有被子垫着，还是能感到地面在动，要裂开一样，声音很大。他一直抓着我的手，我说如果地面裂开掉下去怎么办，他说如果掉下去至少我们两人在一起。旁边的山一晚上都在滚石头。我说山要是垮下来把我们埋了怎么办，他说如果活着出去更好，如果出不去，至少我还陪着你。

天亮以后，大概七点钟，绵阳的部队赶到了，丈夫长出一口气，对我说，老婆我们有救了。我被绑在一块复合门板上，战士们来抬我，雨下个不停，原本昏迷的我清醒了许多，因为抬着走得慢，看见的东西就非常清晰，头顶的树梢上挂着一个人头，长长的黑发在树梢树叶间飘来飘去，另一棵树上挂着很多肠肠肚肚，在清晨的细雨中非常怪异。当时很震惊，不敢相信自己的眼睛，这么多年过去了，偶尔想起，也搞不清那些东西是怎么挂上去的，跟丈夫说起过，他也说不清楚。

抬到小河边的时候，听见背脊骨咔嚓一声，门板就断了，丈夫反应很快，弯腰钻下去撑起门板，我没有掉到地上。旁边刚好有一具男人的尸体躺在门板上，脸上乌黑发紫，那是我第一次正面看见死人，后来一直到北川中学，沿途都能看见尸体。一个战士跑过去掀掉那具尸体，把我放到那个门板上，继续抬着我走，在上坡或者弯道的时候，说要保持平衡，有时候会听见说，我换你。雨更大了，坡很滑，听见一个战士说，从我肩上踩上去，结果他们搭的人梯，一个踩在一个肩膀上，把我缓缓挪上去。

到了北川中学门口，战士们继续救人去了，雨还在下，无处躲藏，被子湿透了，心里却踏实了许多。附近有一个垃圾桶，旁边有半瓶矿泉水，丈夫冲过去捡起来就喝，还在垃圾桶里翻出

·岩兰花开·

一块用胶纸包着，但已经泡胀了的沙琪玛。看见他狼吞虎咽的样子，从被掩埋到那一刻，连一滴眼泪都没有流的我，一下子哭了。他大概也流泪了，满脸都在流水，分不清是雨水还是泪水。他的十根手指血红血红的，那是刨我时受的伤。我哭得更凶，他则笑了，说有我在你身边，什么都别怕。

当时，身上疼痛，心里特别舒坦，我心想等恢复好身体，再生一个孩子，一家四口快快乐乐，一定好好照顾他，相亲相爱一直到老。

一辆大卡车卸下救灾物资，拉我们去救治，迷迷糊糊中听见说前面放两个，后面放两个，想必车厢一共装了四个伤员。一路上丈夫和一个志愿者轮换着拍我脸，低声叫我，防止我睡过去。快到安昌的时候，听见一个志愿者说，不行了，没气了，才知道同行的北川中学一个女生去世了，车在安昌县一家医院停下来，把尸体抬下去。丈夫求医生救我，医生说赶紧送到大医院，我们这里救不了。这个时候，我才明白自己伤得太重，已经到弥留之际了，就对丈夫说，如果我走了，一定要找到儿子，好好抚养他成人。丈夫没有吱声，感觉应该是哭了。过了一会，隐约听见丈夫和志愿者拍打驾驶室后窗，说开快点，开快点，又快不行了，不要管红绿灯，不要管红绿灯。能听见司机一直按着喇叭，从安昌到绵阳，没有停过一次，直奔绵阳中心医院，到医院应该是13日晚上七点左右。肚子鼓鼓的，像扣着一个脸盆，大厅密密麻麻全躺着伤员，我只能躺在一个角落，医生给吸氧输液，上导尿管，不多久，尿排出去了，感觉轻松多了。

在绵阳中心医院住了一周时间，两位病友让我终生难忘。

病房有三张床，我住中间，只能平躺，身子动不了，头能动，头一动就呕吐。左右两边都是北川中学的学生，左边是一个男孩子，叫郑海洋，可能你听说过他的名字，右边是一个女孩子，有点婴儿肥的样子，都是十七八岁的年龄。我们三个都发高烧，呕吐稍微不厉害的时候，偏到左边看郑海洋，偏到右边看女孩子，郑海洋双腿截肢，女孩子一条腿截肢。他们都不是一次性截肢，医生要尽量少截，当时药品不够，截肢面的感染严重。

郑海洋的父亲在照顾他，有一天医生对郑海洋说，还要截，没有多余的手术室了，只能在病房做手术，现在给你用麻药。在此之前，医生也说过，麻药用多了，会影响记忆力。郑海洋说，不要给我用麻药。父亲说，不用麻药会很痛。郑海洋说，爸你给我拿条毛巾。父亲递给他一条毛巾，我以为他要擦汗。没想到郑海洋把毛巾一拧，说道，锯吧。说完咬住毛巾，躺着不动，医生就开始锯腿。后来清创的时候也很痛，都没有用麻药，这是郑海洋留给我的印象。

女孩的父母在福建打工，地震后还没有赶回来，我丈夫就帮着看输液瓶，帮着倒便盆。丈夫的姐姐来看我们，才知道姐夫也遇难了。女孩高烧糊涂的时候，双手在空中乱抓，一边抓一边叫妈妈。姐姐就握住女孩的手，女孩立即就安静了，抓住姐姐的手睡着了。醒来又叫妈妈，又在空中乱抓，姐姐又握住女孩的手，

· 岩兰花开 ·

女孩再次安静下来。女孩那条截肢的腿总感染，感染一节，锯一节，她也总不清醒，截肢在轻薄的被单下凹下去，显得很突然。

那是一个白天，她妈妈进来，看了一眼床头的名字，一下就流泪了，她爸爸跟在后面。妈妈伸手摸着女儿凹下去的腿部位置，夫妻俩都哭了。妈妈给她洗脸洗手，然后一直握着她的手，她模糊地叫妈妈，一直到半夜时分，女孩清醒过来，抱着爸爸妈妈哭得很伤心。

7 年后的 2015 年，我坐着轮椅，在北川新县城遇见那对母女，一眼就认出了母亲，却没有认出女孩，女孩亭亭玉立，穿的是长裤，显得非常阳光。热情地打着招呼，仔细看，还是能看出熟悉的婴儿肥。女孩说自己戴着假肢，走近路还行，走远了截肢面会痛。

伤病员越来越多，政府动用了专机专列，快速向川外转运，后来听说有十多万地震伤员住院，转到省外救治的就有上万人。5 月 19 日我乘专列转院到重庆，在第三军医大学治疗，和郑海洋同病房住过一段时间。

10 年过得好快，虽然不大见面，他的消息还是知道的，听说他在天津海运职业技术学院读过书，参加过奥林匹克科学大会，英国的安妮公主还接见过他，目前在绵阳跟人合伙开了一家网络公司。

从重庆出院的时候，依旧躺着，就问医生，别人躺着进来，走着出去，我怎么还躺着出去，医生也无法回答。转到绵阳一家医院继续治疗，请了一个护工照顾，丈夫外出打工。

这个时候，我琢磨最多的事是如何自杀，生活完全不能自理，不想连累丈夫和儿子。病床离窗子远，我无法跳楼自尽，只能割腕或服安眠药。因为睡眠一直不好，就让护工购买安眠药，还让护工买了刀子剪子，谎说做羌绣用。护工只买来剪子，放在床头抽屉里，我却没有力气坐起来，便把头抵着墙，因为治疗脑震荡把头发理成板寸，头发蹭掉了许多，头皮磨得生痛，还是拿不到手。医护人员给我清创伤口，我几次试图抢过小刀小剪，但连腰都弯不了。经过观察，发现康复训练确实能恢复体力，2009年1月转到位于绵阳的板房康复中心，我加紧康复训练，想着手上有力气了，就能拿到剪刀或够着安眠药了。打算等春节丈夫回家，从侧面向他交代一下后事。

春节前几天，全国残联主席张海迪来康复中心慰问大家，病友或拄着拐杖，或坐着轮椅早早在外张望。我一点兴趣都没有，得给儿子说点什么或写下遗言。我双手撑床，儿子扶着我的背，勉强能坐起来，背对窗口，面向门口，看见工作人员把张海迪抱下车，放到轮椅上，以为她要到康复大厅作报告。没想到她跷着二郎腿，一转轮椅就到了我跟前。

四目相对，她立即握住我的双手说，你不能活得太自私，世界上还有很多人爱你，我从5岁坐轮椅，今年已经54岁了，不是活得好好的吗？作为女人，你比我完整，我没有当妈妈，你还有这么孝顺的儿子，你要为儿子活下去。

· 岩兰花开 ·

我的眼泪一下子就出来了，心想，她太懂我了。然后，海迪大姐说，身体不方便就换一种方式，并教我坐轮椅的时候跷起二郎腿，可以减轻疼痛，降低患褥疮的概率。她临走的时候给我和儿子一人一个红包并和儿子合影留念，鼓励儿子好好读书，下次来一定给他送自己的作品。从此以后，我再也没有自杀的念头，咬紧牙关，坚持康复训练。每天定时喝4次水，用导尿管导出4次尿，每周大便1次，大便前用开塞露，再戴上一次性手套，将大便接到垃圾袋中扔掉。这一切，都是自己操作。

2011年6月，在成都一家康复中心，海迪大姐再次来看望大家，真的给我儿子送了一套自己的书，这件事对儿子鼓励很大，我高兴地为她唱了一首《美丽的羌寨》。住永兴板房时，坐在轮椅上唱了《感恩的心》并说了几句感谢丈夫的话，心理援助站的老师找到几个人给我家捐了一点钱，美国一家慈善机构每个月资助我儿子300元生活费，上大学以后，每个学期资助5000元。

地震后家里没有了经济来源，私立学校读不成了，2008年9月，儿子转到北川中学读初二，学校临时设在绵阳长虹培训中心。由于我长期住院，丈夫外出打工，儿子的学习受到影响，中考成绩不理想。

2009年春节，丈夫回家，一家人过了个团圆年，此后失踪了两年，春节也没有回来过。再后来，他只在我病重住院的时候照顾我一段时间，10年中一共给家里邮寄了3万多元，开始几年不清楚他在哪里，现在知道他在北京，具体干什么不大清楚。

　　我对美还是无限向往的，对残酷的现实耿耿于怀。有一天，几个女孩穿着高跟皮靴，咯噔咯噔从眼前走过，想起那两双没有上过脚的高跟皮靴，忍不住又难受起来。在康复大厅，远远看见一对熟人母女，我赶紧把轮椅转到门后面，不想见到熟人，不愿接受记者采访，推脱不掉的也是匆匆应付。

　　我对儿子说，妈妈后半生只能坐轮椅了。他说不管妈妈怎么样，至少每周都能见到妈妈，许多同学连爸爸妈妈都没有了。我又问，如果地震的时候妈妈没有出来，或者自杀了，你会怎么样？儿子说，如果没有妈妈，爸爸可能会找个伴，自己初中毕业以后会出去打工，或者混日子，肯定没有现在阳光。

　　儿子读高一的时候，我们从永兴板房搬到了新县城，和年迈的娘家父母住在一起，坐着轮椅买菜做饭，坐着轮椅绣鞋垫绣挂毯，实在坐不住，躺在床上，仰起脖子继续绣。曾想利用住在一楼的便利条件，在家开个麻将馆，计划随着身体的疼痛泡汤了。

　　最幸福的事是每个周末，儿子都能吃上我亲手做的饭菜。我的目标越来越明确，想看到儿子顺利考上高中，念完大学。

　　2011年初夏，在成都康复治疗，一个两鬓斑白的女人找到我，说是丈夫的朋友，见面就叫我大姐，我吓了一跳。女人把我轮椅推到凉亭，说已经和我丈夫同居半年了，丈夫不愿意离婚，她希望三个人住在一起，他俩照顾我。这是地震后最痛苦的一天，我没有给儿子说，也联系不上丈夫。后来我病重住院，他回来照顾我，说和那个女人同居过一年多时间，她比他大八九岁，

·岩兰花开·

已经有孙子了，知道他没有钱，天天吵架，后来就分手了。

其实地震后不久，我就当着丈夫的面和公公婆婆说过，可以离婚，只要他过得开心就好。如果不愿意离婚，在外面有别的女人，只要不让儿子和我知道就行，丈夫身强体壮，过不了夫妻生活会非常难受。有一次儿子抱着我哭，说爷爷奶奶告诉他，爸爸要给他找个后妈，还要给他生个弟弟妹妹。我非常伤心，在电话里大吵一架，告诉他这种事不要让儿子知道，会影响他学习。丈夫说你是怎么教育他的，他一点都不理解大人。

儿子高考前的两个月，我病情加重，被送进重症监护室，请求医生把我转到普通病房，说明天就是周末了，儿子肯定会来看我。医生明白缘由以后，对护士说，这就是母亲的伟大。儿子来以后，我说只是感冒，直到他拿到大学录取通知书，才告诉他实情。儿子非常争气，顺利地考上了成都一所名牌大学。他可以报考研究生，但想早点工作分担家庭压力，2017年6月毕业后应聘到成都一家公司上班。

享受优惠政策，住院费报销了一部分。贷款在县城买了一套106平方米的房子，欠账一共30多万元。因为头部受过伤，睡眠一直不好，身体没有一天不痛，疼痛厉害的时候，情绪就会起伏。有时候会想，地震没有死掉，已经很幸运了，多活一天，就多赚一天，活着真好啊，能经常看见儿子。

感谢杜老师来绵阳看我，从2月到6月，我没有下过床，无论白天还是晚上，睡着还是醒着，都趴着，皮下感染，褥疮手术，胆结石手术，接二连三的手术，生活又不能自理了，大小便得有人帮助。我唯　的愿望是坐上轮椅，毕竟父母快 80 岁了，不能总照顾我。

……时间过得真快，一晃都 9 月 3 日了，有微信联系方便多了，我 7 月 5 日出的院，丈夫把我送回北川就去北京了，儿子为他买了衣服和动车票，他回来的时候只带了两百元钱。

告诉杜老师一个好消息，一周以前，我儿子在成都按揭了一套房子，98 平方米，每平方米 1.2 万元，首付 52 万元，儿子每月还贷 4500 元，电梯房，手续完全办好了，两年半以后就可以入住，属于精装修，离他上班的公司比较近。我们把北川的房子卖了 53 万元，亲戚朋友知道我们卖了房子，纷纷要账，就给人家说好话。买房这么大的事，丈夫连一分钱都没有支持。儿子说到年底把公积金取出来，加上年终奖金，可以还 5 万元账，每年还这么多，五六年就可以还完。儿子现在每个月 9700 元工资，扣除五险一金，能拿到六七千元，每月交 1500 元房租，还完贷款就不剩钱了。

非常高兴的是，就在前天，儿子因为工作突出，从普通职员连跳三级，晋升为主管，这样的话，工资就会高一些。因为北川的房子卖了，国庆节要腾房子，我和父母一起搬到成都同弟弟弟媳一起住，弟弟在一家公司开车，弟媳妇是一家公司的会计，小孩 10 岁，房子 120 平方米，阳台上可以支一张床，儿子住阳台上，可以省下房租。有人知道儿子按揭了一套房子，都不敢相

· 岩兰花开 ·

信，我也为儿子感到骄傲，希望他有善心、孝心、感恩之心、正能量，目前看来还行。

王哥在地震中手脚筋骨不同程度受伤，开始几年只能在家照顾女儿，我平时遇到困难，第一时间给他打电话，他对我儿子帮助很大。这么多年我没有帮过他们，愧疚也是真实的。

10 年来一直记着当初的 3 个愿望，儿子在成都买了房子，算实现了 1 个愿望。儿子他们公司总部在北京，肯定有到北京出差的机会，他说明年合适的时候，带我去看升国旗，说不定还能见到丈夫。

灾难改变了我的命运，以前我和丈夫恩恩爱爱，恨不得两个人是一个人，现在能理解他的痛苦，相信他是爱我和儿子的，不管他和哪个女人生活，我都想得开。一方面希望他堂堂正正和人交往，自由自在轻松生活，给别的女人一个名分。另一方面，又不想拆散这个家庭，没有夫妻生活也能在一起，亲情也能生活一辈子嘛。所以，他不提离婚，我也不提。

我又能坐轮椅了，但褥疮没有完全恢复，大部分时间趴在床上，已经搬进了北川的廉租房，这是一件大喜事，听说1933 年茂县叠溪地震，砸死、淹死、饿死的人很多。不比不知道，一比吓一跳，如果不是政府花大价钱给我治病，骨灰都不知道到哪去了，哪还有宽敞的房子，阳光自立的儿子，这是多幸福的事哦。

萝卜羌寨的"幽灵"

老张：男，1966 年出生，农民，二级残疾，羌族。

以下是老张的讲述。

地震的时候我 42 岁，老汉 76 岁，妈 70 岁，老婆和我年岁差不多，有三个女儿，大的两个在汶川县城读中学，小女儿 1995 年出生，在雁门乡读小学。

你说萝卜寨有名，是还有点名气的，我们这里属于岷山山脉，寨子位于半山腰的台地上，易守难攻，高高地俯瞰岷江，形似一只展翅飞翔的凤凰，也被叫成凤凰寨，听说三四千年前就有人在这里生活，凤凰头的位置还保留着几棵老柏树，有人说几百年，有人说上千年。由于地势太高，经常云雾缭绕，摄影家、画家喜欢来这里写生，他们把这里叫作云朵上的羌寨。以前有碉楼、烽火台、寺庙，就地取材，都是黄泥建的，显得粗糙拙朴，地震后这些建筑基本上都坍塌了，现在你看到的都是灾后重建的，也有碉楼、城堡，建在更靠山的位置，属于新寨区。每年

·岩兰花开·

五六月份车厘子多得摘不赢，都烂到地里头了，这几年公路直接通到寨子里，游客增多，核桃、蜂蜜、香菇、雪莲果好卖多了。我们祖祖辈辈生活在这里，我有兄妹6个，其中3个上了大学，在都江堰和茂县都有工作的，我高中毕业，家里太穷了，没办法继续读书，只好以种地为生。

你说看不出我伤到哪里了，的确是这么回事，很多人都这么说，我四肢健全，能吃能喝，能说话能走路，从外表一点都看不出我曾经一年零八个月站不起来，前后做过8次手术，两条腿没有一点知觉，10年了，天天还夹着尿不湿，出远门第一件事是带上保鲜袋，好装大小便，说起来都害羞。吃饭不能太油腻，也不能太素，油腻了大便随时流出来，太素了便秘。

以前我家住在老寨区，2008年5月12日，刚吃过午饭，地震就发生了，3个女子在学校，妈老子还安全，房屋倒塌，墙砸到我背上，墙是泥巴墙，还有石头墩子，腰部以下动不了，耳朵嘴巴流血不止。老婆右脚受伤，三四个小时以后自己爬了出来，用锄头打散泥巴块，把我掏出来，她是轻伤，两三个月就正常了。天热血腥味重，苍蝇蚊子绕着我转圈圈，苞谷酒坛子被砸破了，没办法用酒消毒，就用盐水消毒，当时痛得没有办法，家家房子倒塌或成危房，自己都顾不过来，没有人来救我。寨子里的青壮年劳力大都外出打工去了，留下的都是老人、妇女和小孩。在地上躺了整整一周时间，打工的亲戚回来以后，把我捆绑在门板上抬下山，经过近10公里的颠簸，送到县医院，没想到县医院已经变成了危房，正在准备爆破，只好在帐篷里接受治疗，耳朵嘴巴流血止住了，医生没有办法，只能给我吃止疼药，从这以后听力受到了影响。

那个时候成都通往汶川的都汶公路垮塌，120救护车和运送物资的车辆从成都到汶川要绕道八百多公里翻越夹金山才能勉强到达，连救援部队都是冒着滚石、泥石流，翻山越岭步行进到汶川县城的，后来听说有空降兵飞到汶川，医务人员还是很难进来，药品更不用说，在县医院的帐篷里待了一个星期，直升机把我们这些重伤员运到成都，在华西医院拍片子检查，成都伤员太多，没办法仔细治疗，又把我们用飞机转到上海一家医院，5月29日第一次手术，这段时间老婆的侄子打工回来陪护我，12月1日从上海回到四川省人民医院康复治疗，回四川的时候我能坐轮椅了，后来还在温江八一康复中心待过，在医院一共住了将近5年时间。

在上海治疗的半年时间，我先后做了7次手术，粉碎性骨折伴截瘫，肌肉严重感染，都发臭了。医生要给我截肢，我坚决不同意，家人也不愿意，我们羌族有个习俗，哪怕死亡，尸体也必须得全乎。人之发肤受之父母，胎儿剃下的胎毛，幼儿换下的牙齿，中老年掉下的牙齿，都要细心地收捡起来，等到归去的时候一同随葬。我坚决不截肢，医院也没办法，一位主任给我做了脊椎和腿部手术，腰椎和腿里面都安了钢板，医生叫内固定，一个钢板需要12个螺丝固定，竖起来把骨头支撑住，永久性的，一辈子不能取，估计一取，身体就散架了。我们那批伤员中，映秀镇

·岩兰花开·

去了5个，有的截肢了，有的保守治疗。后来在八一康复中心我又做了一次手术，身上全是刀疤，穿起衣服啥也看不到，衣服一脱清楚得很，手术时用过麻药，记忆力没有原来好了。

上海治疗期间，好多好心人来关心我，给我买吃的喝的，连上海市的市长都来看望过我们，医生没事的时候跟我分析病情，说哪年哪月收了一个病人，情况跟我差不多，后来都治好了，这让我看到了希望，对我鼓励很大，我也放下思想包袱，轻松了许多，其实我是那家医院最后一位地震伤员，其他伤残人员有的康复，有的病情减轻，早就回四川了。

在上海治疗半年后，我竟然能坐起来，医院领导很高兴，那位主任后来对我说，本来对我都不抱希望了，死马当作活马医，没想到手术非常成功。我病情的好转对医院和医生鼓励很大，医院的名声也更大，离开上海的时候，他给了我两千块钱，四川省人民医院还给他们写了一封感谢信。回来这么多年，一直和那位主任有联系，他经常询问我病情，现在已经是院长了。

四川省人民医院的医护人员对我也很关照，因为大小便失禁，所以被单一脏，他们就给我换洗，护士护工还帮我洗澡洗脸刮胡子，跟我说话客客气气，帮我打饭订餐，陪我聊天鼓励我，说哪个病人跟我情况差不多，因为锻炼得好，现在站起来能够自理了，我知道他们对我好，说啥我都相信，就是家人也没有这么有耐心的。

老婆在家种东西，车厘子成熟的时候，连夜摘下来天亮前赶到县城去卖，家里老少要吃饭，她得管家嘛。老婆的侄子又去打工了，妈来陪我一段时间，老汉陪我一段时间，老婆农闲的时候陪护一段时间，没有陪护的时候，都是白衣天使和志愿者帮我。省人民医院和八一康复中心等机构每年都组织我们到外面玩耍，不管是医护人员和病人之间，还是一起治疗康复的病友之间感情都很好。2018年5月19日我去了一趟北川，25号回来的，我们一行去了20多个人，都是重伤员和截肢病友，大家在一起玩得好开心哟。

汶川灾后重建由广东省对口支援，地震后3个女儿都去广东读书，灾区恢复常态以后，回来继续读书，平时只能打公用电话联系。

受伤后一年零八个月的时候，奇迹再次在我身上发生，我能下地走路了，这个状况立即引起省人民医院的高度重视，北京的专家还来考察，上海那位院长赶来，仔细查看，都不晓得啥子原因，觉得稀奇，也没有得出结论，只说血液在走，是个奇迹。

为啥是奇迹啊，我把裤腿拉起来，你试一试，你掐，一点感觉都没有。整个下肢都没有知觉，热水泡没有知觉，刀子割也没有知觉，撕扯掐捏，不痛不痒。10年来都是这个样子，专家找不出原因，暂用奇迹两个字定论。

从省人民医院出院的时候，我给他们写了一份感谢信，因为我麻烦了那么多人，惊动了那么多人，发自内心就写了，先在白纸上打草稿，然后用毛笔写到大红纸上，已经过去四五年了，还能记住大致内容。

我能站起来全是因为那么多爱心人士的帮助，如果我站不起来，就对不起那么多好心人，也对不起国家花在我身上的资金，住院近 5 年时间，大小手术 8 次，从汶川县医院、华西医院、省人民医院、上海的医院和温江八一康复中心，治疗费、车费、机票钱，起码也有两三百万元，全是国家买单。最后一次手术，不好意思找国家报销，也不知道有低保和合作医疗，一共花了 30 万元，跟亲戚朋友借的钱，现在还有欠账。

尽管这样，我们全家都非常感谢共产党，要不是免费治疗，哪能站起来噢。没有站起来的时候，有人跟我老婆说，哎呀，老张站不起来了，以后日子咋过嘛，亲戚也很心疼。后来站起来了，又有人议论。萝卜寨就这么点大，一千人左右，她压力好大，对我照顾很好，说不管多穷，站起来就好，如果你倒下去了，家就不成了，上有老人，下有 3 个娃娃，你要坚持锻炼，坚持住，不能倒下，实在站不起来，那是另一码事。

我听医护人员和家属的话，在温江八一康复中心和几百个病人康复锻炼，医生护士监督严格，每天锻炼几个小时。回家以后干不了啥子活路，每天坚持走两个小时路，一坐下，脑壳就闷，浑身上下都痛，走一走，转一转，再痛都解除了。

现在就不痛，最难熬的是晚上，晚上痛得着不住，就吃止痛药，如果不吃药，痛得坐也不是站也不是，还不敢喊叫，怕老人听见了难受。娃娃限定我吃药，说止痛药吃多了伤身体，平时一天吃一粒，睡觉前吃，吃了才能睡得着，她们让我三天吃一粒，痛得不得了，刀子割一样，躺在床上，能感到钢板在里面动，实在忍不住就在寨子里面走，不管下雨飘雪，有没有月亮星星，都一个劲儿地走，寨子很安静，走着走着，把猫、狗、麻雀、斑鸠惊得乱扑腾，赶夜路的人老远看见我，吓得回头就跑，文化高的人说我是"幽灵"，没文化的人说我是"疯子"，在我们萝卜羌寨，谁都知道我是"疯子"。

就是出去转，也不是随时随地爬起来就走，妈耳朵背听不见，如果爸听见我出去，就要等我，为了不让他们等，强忍住痛，等老人睡着以后再出去，出门进门得轻手轻脚，做贼一样，晚上一两点钟出去或者回来是常事。

地震以后，好多爱心人士，特别是白衣天使，为伤残人员作了很大贡献，我就想一个问题，这一辈子为这些病人做不了什么，希望女儿为我这样的病人服务，来回报社会各界对我的帮助，没有他们对我的细心照顾，我怎么能站起来呢。

地震以后3个女儿都去广东读书，大女儿读的职高，跟护理专业没关系，就把希望寄托在二女儿和小女儿身上，二女儿当时报了护理专业，阴差阳错没有考进卫生学校，到现在我心里都不痛快，她在萝卜寨幼儿园当老师，我们这里很多小孩听不懂汉语，幼儿园需要一名既会讲汉语又会说羌话的老师，就把她选中了，属于临聘人员，一个月1800元工资，已经教了6年书。小女儿初一在广州读书，初二初三在汶川县一中，享受少数民族9+3

· 岩兰花开 ·

义务教育政策，考进了四川省卫生学校，读了 3 年。读卫校以前她还小，没有学什么专业的概念，我在省人民医院治疗康复，打电话的时候总说让她学护理专业，每次都这样说，还给她讲白衣天使对我多关心，说来说去她就报了这个专业。当时可以填 3 个学校，她只填了省卫生学校，而且 3 个专业都填的是护理专业。她说后来特别害怕，跟赌博一样，做梦总梦见没有考上，如果真的不录取，连后路都没有。

省内的医院里面，按说华西医院各方面条件是最好的，名气也大，但我们全家人对省人民医院特别亲，出于这个原因，就业的时候她 3 个志愿报的都是这家医院。到省人民医院实习 1 年，2014 年参加全国护士证考试，再参加面试，四五十个人参加面试，录取 10 个人，她留下了，在省人民医院心脏科上班已经四五年了，终于遂了我的愿，这一生我也没有遗憾的事了。

轮椅上的绣娘

阿琼: 女，1971年出生，农民，双腿截瘫，坐轮椅，一级残疾。

以下是阿琼的讲述。

感谢你说我脸色红润丰满，我都觉得自己胖呢。你说这双鞋漂亮，呵呵，的确好看，白色胶皮休闲鞋，后帮上一颗黑色心形图案，平常舍不得穿，就摆在鞋盒上面，谁买的呀？哦，呵呵。坐轮椅其实可以不用穿鞋子，尤其是这样的六月天气，我一直坚持穿鞋，是想证明自己有腿有脚，配的有假肢，因为脚变形了，不大穿，穿了也不舒服，平时穿这种既便宜又软乎的黑绒布鞋，2018年5月19日那场大型活动，穿的就是这双白鞋。

是的，我经常绣花，属于来料加工，给这种背包上绣羊角花，每个包正面绣一朵，藏青色的面料上绣白色花朵，黑色面料上绣红色或粉色花朵，淡黄色上绣深黄色花朵，花色搭配由收购方决定。羊角花是我们羌族人的叫法，你们汉族人叫杜鹃花，是

·岩兰花开·

吗？杜鹃花跟你名字相似，哦哦，真有缘分。绣一朵花能挣10元钱，一天挣20元，计件工资。2016年左右一个月能挣一千多元，有时候两千多，那个时候我老公病重，没办法打工挣钱，就靠我绣花养活一家人，一个志愿者说我是轮椅上的绣娘。后来颈椎痛得厉害，绣得就少了，今年想绣了就绣，不想绣了就玩。

北川康复中心出台了新规定，不让打麻将，周末有人偷偷玩，每天看看电视锻炼锻炼身体，坐久了难受。微信朋友大多是病友，问对方大小便怎么样呀，羌绣的收购价钱高不高呀。一个病友是安县秀水的，在八一康复中心一起待过，如果来北川的话，也会在这里吃住。他以前搞建筑，老婆在家干家务，现在老婆种田、收割、管娃儿，他绣羌绣，绣得又快又好，男人毕竟体质好一些，每天打扫卫生做饭，然后绣花，我们交流多一些。我一般不加普通人的微信，包括志愿者，不喜欢跟普通人聊天，有的瞧不起残疾人，偶尔跟原来给我们做康复的医生和公益组织人员聊聊，大部分是在晚上，手机换了以后，好多号码都没有了。

我不年轻呀，1971年出生，娘家在陈家坝，婆家在擂鼓镇，地震的时候我37岁，女儿当时7岁，婆婆79岁，婆婆有4个儿子还有女儿，她跟我们一家三口住，另外3个儿子每个月给她100元零花钱，我们过得不咋样。

我婆婆是个怪人，除过儿子女儿，其他任何人不敢到家里做客吃饭，有人来吃饭玩耍，她会不高兴。不管男人女人来，都要刨根问底，你是谁呀，哪里人，到这里干啥，为什么不回去……

前天娘家姐姐来家里，原本都认识的，还问来问去。说她糊涂吧，用钱又搞得清楚，如果没有找够她零钱，会挨骂的。邻居对我说，你婆婆这么大岁数了，还耳聪目明，真了不起。

我是被婆婆关上门砸伤的。

我们家当时住在擂鼓镇农村，公路从门前经过，小二层砖木结构房子，和老公的几个兄弟住得很近，老公在外地打工，女儿上二年级，住校。平时就我和婆婆两人在家，家里家外我一个人打理，算是当家人。我跟婆婆都住一楼，分别住在堂屋两侧的卧室里。婆婆有个习惯，吃完早饭睡觉，吃完午饭睡觉，吃完晚饭天擦黑就睡觉，睡觉的时候把门从里边拴上，天天如此。地震的时候正睡午觉，房子垮塌以后，柜子倒下来，婆婆以为压路机把房子震垮了，她没有起床。我冲过去开堂屋门，门已经打不开了。我被压在下面，身上全是砖头水泥块，眼睁睁地看见对面山坡滑下来，有人被掩埋，我们家的地也被埋了，身为农民再也没有地种了。

女儿从学校回来，看见我满身是血，躺在地上痛得叫唤，就大哭，婆婆和女儿都受了惊吓，地震后老公才回来。

我被送到绵阳404医院治疗，水都不让喝一口，也不让吃饭。5月18日转院到重庆解放军324医院，当天晚上医生给我弄了两份盒饭，近一个星期没有吃饭，一下子吃到喷香的饭菜，饭量反而不大。术前检查我是贫血，手术危险性大，怕下不了手术台。但病情危急，得尽快手术，老公不敢在手术通知书上签字，22日

·岩兰花开·

早上趁他上厕所的时候，我自己签了字，当即就进手术室，早晨8点进去，下午3点出来，老公吓得一天没有吃饭。现在贫血已经好了，手术给腰部加了两根内固定，至今还在里面，医生说3—5年可以取，有的是永久性的，捏着没有感觉。天阴的时候背上痛，每逢节气会痛，惊蛰啦清明啦都痛，前几天芒种，痛得不得了，属于神经痛。

2008年6月中旬出院，7月回到绵阳中医院做康复治疗，刚开始大小便不知道，每天都用尿不湿，一个月花200元左右，现在小便知道一点点，大便隔一天一次，从2010年到现在，大小便全靠自己，在床上大小便，自己用便盆接住。2012年元月回家，政府统一在擂鼓镇建起了安置房，我们家有90平方米，毛坯房，自己装修。门前有台阶，轮椅进出不方便，后来政府专门做了残疾人居家改造，轮椅直接到客厅，统一装了防盗门，婆婆没办法从里面反锁了。2013年7月住进北川县康复中心，这里吃住免费，设施齐全，大部分时间在这里，家里有事才回去，回去的时候叫出租车，司机帮忙把轮椅放到车上，十多公里路，40元钱，这钱就是我绣花挣的。到康复中心以后，尿不湿用得少了。自己洗头洗澡，热水凉水自己调，坐在另一种轮椅上洗澡，衣服用洗衣机洗，自己晾晒，生活比较有规律。

现在锻炼身体主要是活动筋骨，促进血液循环，对身体康复作用不大。康复黄金期是最初一两年，一个小女孩病友非常有毅力，身上拴根绳子，天天锻炼，后来竟然站起来了。也有偏瘫病人完全康复的，有的伤员通过康复训练伤情减轻了。那个时候山东、湖北、湖南的医生天天给我们做康复，2014年以后外地康复医生基本上都撤走了。

我在医院治疗康复，女儿还小不会做饭，婆婆也不做，老公干一天活回来还得做饭，如果哪一顿没做，就挨婆婆骂，基本上天天吵架，吵来吵去老公心情就不好，加上过不了夫妻生活，经常生闷气，就生病了。我回家那段日子，尽量多干家务，老公还是不满意。

2017年老公病重住院，在重症监护室住了一段时间，花费比较大，报销很少，癌症怎么能治好呢，不久就去世了。他的药费加上房子贷款，欠账4万多。我跟村里申请要钱，村里给了500元。还要感谢共产党，要不是国家买单，专家教授仔细治疗，痛都把我痛死了，好多伤员可能也不在了。

地震10年了，婆婆年龄也大了，知道她的性格，也不跟她计较，老公去世以后她还跟我和女儿住，她跟其他儿子合不来，女儿今年17岁，除过给奶奶做饭，啥也不会干，婆孙俩天天在一起，叫她出来做事，也不出来。小时候天真活泼，后来变得孤僻内向，不跟陌生人说话，有一个发小，周末从学校回家，会一起玩耍。

我们一家三口都吃低保，加上我的一级残疾护理费，每月总共860元，明年女儿满18岁就不享受这个待遇了，我不在家吃饭，可以节省一点开支，所以我大部分时间在康复中心。我有

·岩兰花开·

很多想法都实现不了，去年到擂鼓镇中学附近找了一个门面，想把女儿带出来搞绣品培训，教人绣花，做来料加工，都是些小零碎活，了解观察以后，发现擂鼓镇生意不好做，资金投进去出不来，女儿也不愿意干。我们家是贫困户，帮扶我们的干部送来关怀，还让女儿到服装厂上班，我把她带过去，她只看了一眼，就说全是老太婆，才不去呢。前一阵子想让她学理发，她不说去也不说不去。

女儿以前不但不跟别人说话，也不跟我聊天交流，现在好多了，如果我在家，天天跟我在一起，见啥说啥，最近耍了男朋友，情况还算了解，他家离擂鼓镇不远，开挖掘机的，我昨天回家，他来家里了。过几天我想跟她男朋友说，让他给女儿说说，动员她去理发店学理发，不知道行不行。今天村长给我打电话，说女儿耍朋友，怕女儿受骗，喊我回去看看，我说见过面了，她不会受骗的。

呵呵，你问我手机壳后面为什么夹一块钱纸币，趁现在没有别人我告诉你，手机是我男朋友送的，新手机，两千多元买的，配了我喜欢的粉红色外壳。刚才说过我们家是贫困户，我怕被扶贫干部看见，以为我们家富裕就会取消贫困户待遇，所以用纸币把牌子遮住，如果过问，我会说是便宜的旧手机。男朋友是擂鼓镇的，从小患小儿麻痹，一条腿有些不方便，他妻子地震时去世，女儿已经23岁，呵呵，我还有性欲望哩。

康复中心生活平静而安宁，都是同病相怜的人，有的截瘫，有的截肢，有人坐轮椅，有人拄拐杖，有的能自理，有的自理差一些，中老年人偏多，年轻人跟我们待在一起嫌着急，有的出去上班了。一个康复师分管几个病人，每天帮助我们做康复锻炼，对每个人的病情和性格秉性都了解，几年相处，就像一个大家庭，相处得非常融洽，有时候还想更热闹一点，希望有人把我们组织起来搞一些活动。从朋友圈得知，都江堰这方面就做得好，那里经常把残疾人组织起来到附近参观旅游、做游戏、聚餐，有的活动是残联组织的，有的是残疾人自己组织的。

5月19日，也就是前一阵子，相关机构邀请四川全省60多名地震伤员在北川宾馆举行了一场大型联谊活动，主要是原来在八一康复中心做过康复的伤员，汶川的余世秀是她女儿陪同来的，都江堰的黄莉是她丈夫跟一路的，她丈夫健康开朗，大家好羡慕黄莉哦，她四肢只剩一个胳膊，伤残得那么严重，夫妻关系还那样好。大家在一起交流演节目，玩得非常开心，说这是10年一聚，20年后还要相聚哩。晚上江油一位女医生同我一个房间，她陪弟弟来的，轮椅进不了卫生间，我在床上大小便，她就帮我。

你看我的手机图片，全是那天搞活动的照片，这是一根长线，有手的用手拉住线，没手的用脚拉，陪同的家属也一起参与，意思是心连心。你看这一家四口多幸福，他们是都江堰的，小两口30岁左右，女孩8岁，是女方和前夫生的，前夫车祸去世，男方是地震伤员，不知道以前结过婚没有，不好意思问，两人都坐轮椅，都没有用假肢，女方是高位截瘫，她和女儿都穿连

·岩兰花开·

衣裙，脖子上这条项链多漂亮呀。他们结婚大概两三年吧，小女孩阳光快乐，叫男的爸爸，叫老人奶奶，一眼就能看出他们处得特别好。

再看这两位，他们在耍朋友，男的是平武的，双腿截瘫，女的娘家在松潘，地震时在家受的伤，八一康复中心康复的时候他俩就认识，希望他们能生活在一起。这是一个伤员绣的旌旗，这是一个伤员写的两幅大字。还有讲话的这一位，又年轻又漂亮，是公益机构的组长，肚子鼓鼓的，马上要当妈妈了，这是多好的事呀。

新希望

以下是段哥的讲述。

你说的对，北川县康复中心设施很人性化，每面墙上都有高低两行扶手，连卫生间都有，楼道宽敞，两三辆轮椅能并排过。电梯宽大，担架轮椅都能装进去。楼道还有软皮长座椅，高低合适，可坐可躺，你就坐这里吧，瞅瞅，你往这一坐，病友都转着轮椅来了，没关系，不影响你跟我说话，大家在这里时间久了，陌生人少，来个外人稀罕，过一会他们就不听了，我们太熟悉，打个哈欠都知道做的美梦还是噩梦。是的，康复中心由香港特别行政区政府援建，交给北川本地管理，有50张床位，2013年1月开始接受伤残人员，地震伤员多一些。

我家住在北川县禹里镇一个山顶上，木头房子，一个大院子，七八户人家，没啥家产，父母妻子儿子一家人过得还算安

·岩兰花开·

逸，我 1974 年出生，二老 60 多岁，儿子 2002 年出生，妹妹妹夫在绵阳打工。当时我骑了一辆三轮，准备回家，8000 多元买的，地震摇了，就把我摇到山沟里去了，摔到石头上，没有知觉。被过路的人发现，抬到禹里镇政府院子里，已经是晚上 12 点钟。在院子里躺了 6 天，道路垮得凶，山外的人进不来，禹里的人出不去，18 日直升机把我运到广汉，又把我送到贵州省人民医院治疗，8 月底转到绵阳中医院，2009 年春节回家过年，就在家待着。2011年到温江八一康复中心，2013 年来这里，就没有挪窝，家里有事才回去。

你问我老婆呀，不说还好受一点，说起来心焦。2009 年那个春节，年没有过安逸，正月十五都没到，她就走了，说的是出去打工，空手走的，没讲任何条件，走了就没有再回来，后来办了离婚手续。

我胸脯以下截瘫，位置太高，肩胛骨那个位置没办法装钢板，固定不了，在贵阳做的手术，把伤口拉开，取出骨头渣渣和瘀血坨坨，清理干净，输液消炎，就算完事。

无聊的时候也想做点事情，康复中心喊叫编灯笼，挂到门上的那种竹灯笼，也有草编的。一个灯笼四块钱，一天编两个，编了两天就不编了，轮椅上坐久了不舒服，床上躺着没办法干活。草节节竹沫子掉一床，扎屁股，不好收拾。到超市当收银员吧，一两个小时得躺一会，还得有张床，麻烦。我不想做十字绣，汶川有几个病友小伙子会绣，鼓足勇气花费几个月时间绣个大的，也挣不了几个钱，靠这些小打小闹赚钱好像不咋样。截瘫病人不敢久坐，屁股坐烂了不好医治，并发症多，有个叫明子的你知道吧，就把屁股坐烂了，到绵阳治疗，听说在床上趴了好几个月。平时我啥也不干，看看电视，聊聊天，开开玩笑，在康复大厅锻炼，康复师给我们做按摩针灸。我打打麻将，打打川牌，打一会在床上躺一阵子，现在不让打了，周末偷偷打。久病成医，现在不要医生说，自己都晓得，隔一两个小时要躺五到十分钟，屁股朝天，透透气，可以减压。谁不想坐不想躺呀，没法坐没法躺嘛，活着好累。

我们家还住在山顶上，是滑坡地带，通往家里的路边立着一块牌子，写着"此处属滑坡区请绕道慢行"。所以爸爸不让我回去，怕坐轮椅不方便，一旦滑坡下不了山。不知道啥原因，爸爸坚决不搬房子。没事我就在这里，父母在家种地，地也不多，主要种枇杷，6.5元一斤，收购的车可以开到家门口，重庆、成都的车都有。

刚地震那会儿爱发脾气，声音大了父母不安逸，稍微吼一句，儿子坐在旁边不说话，只流眼泪，现在跟他们说话声音都很低，跟儿子交流很好，也没脾气了，还有啥脾气发呢。

还是国家政策好，在这里康复不要钱，吃住免费。父母有社保，每人每月900多元，我和儿子吃低保，儿子满18岁就没有了，全家人生活没有问题，没有欠账也没有存款。有时候觉得父母辛苦，天天躬起背干活，幸亏有个妹妹，以后父母走了安埋的

· 岩兰花开 ·

事她会考虑，我没有想那么多。妹妹跟我关系很好，儿子有时候会去她家玩。

儿子从小学就住校，每个周末都回家，妈妈给他烧排骨煮腊肉，给他洗衣服洗澡洗头。后来有了洗衣机，回家后啥活都干，洗衣服、做饭、洗碗、帮爷爷奶奶洗头、跟爷爷奶奶吹壳子，他一回家，妈妈跟过节一样，话也多。他在北川中学读高一，周末放一天假，坐车贵，喊他两周回去一次，不让他跑得太勤。从县城到禹里13元车票，禹里到家还要几块钱，一个来回30多元。

我们那里真的不适合居住，买东西、理发都麻烦，老汉视力不好，干细活看不太清楚。行动不便以后儿子就给我理发，那个时候他6岁，你看见的，我尽管坐在轮椅上，个头还是不低的。刚开始他够不着我后脑勺，就站在小板凳上，用电动推子铲，小手哆哆嗦嗦，一不小心铲到我耳朵，还会流血。现在不需要站板凳了，已经1.74米还是1.75米了，要弯着腰理，越理胆子越大，五分钟不到就给我铲个脑壳。

地震的时候儿子上学前班，邻居的一个朋友卫校毕业，好像是广安的，后来经商，他资助我儿子，想感谢人家，喊来耍，人家没有来，我也没有见过，每个学期给1500，一年就是3000，公司开年会邀请儿子去，还给他送礼物。基金会也资助过，一年给750元。现在读书实行12年义务教育，只交生活费和资料费，其他全免费。老汉说娃儿念书没有花啥钱，总麻烦人家不好，儿子也觉得不好意思再受资助，从今年开始就不要人家帮助了，以后上大学可能要花钱。

这几年县委宣传部搞文明创建，我儿子没有评上最美少年，评的是孝心少年，发了1000元奖金。最高荣誉是评全国最佳啥子少年，到北京领奖，发了那个啥本本，还发有书，不晓得他看书没有，现在都耍手机。

他学习成绩中等，一个年级1000多人，他考300多名，我鼓励他考个二本，他说要考就要考一本。以前想考军校，眼睛近视以后，说想当医生或者老师，当医生估计是想帮助我。他周末不回家看爷爷奶奶的话，就来这里陪我，跟我一起吃食堂，一顿8元，便宜，我免费。

以前都是他爷爷开家长会，我不去，也不想去。昨天儿子打电话，说这次家长会让我去，已经查看过了，学校有无障碍通道。

地震后多活了10年，好好保养自己，娃儿回来能喊一声爸，看到娃儿就知足了，天天都高兴，不愁眉苦脸，再过几年儿子考上大学就好了，儿子就是新希望。

儿子患了"鬼剃头"

汶秀：女，1976 年出生，农民，双腿高位截瘫，一级残疾，羌族。

以下是汶秀的讲述。

哎哟，你一个人来汶川的？你是哪里人，陕西的，陕西好远吧，你一个人敢出门啊，好羡慕你噢。

我家原来住在雁门乡一个羌族村寨，现在住汶川县城这个小区，属于移民安置房，因为坐轮椅行动不方便，政府照顾我们住在一楼，进门台阶进行了改造，轮椅可以直接到家，听说改造费用是一个电影明星资助的。窗子外面就是岷江，你看你看，从厨房还能看见河堤和江水，冬天水少清澈，夏天就浑浊一些。下大雨发洪水好害怕，生怕洪水再把房子冲跑。

我们家有 5 口人，我小学读过一册书，丈夫小学读完了，地震的时候我 32 岁，两个女儿十一二岁，在乡上的小学读书，儿子上幼儿园，6 岁。直到现在全家只有丈夫一个人的 1.8 亩土地，种

140

点小麦、苞谷，乡上领导看见我们家太穷，就让他当护林员，一个月550元工资，每天清早上山，晚上回来，自己带点干粮包子啥的，山上熟人有时候给点土豆丝腌菜，将就着过日子。2015年我一个人吃低保，现在3个人吃低保，两个女儿满18岁没有低保。大女儿享受少数民族9+3免费教育，读完以后在酒店打工，已经结婚成家，二女儿也在外面打工，只能算自己养活自己，两个女儿每人每月给儿子200元生活费，有时候不够用，儿子的事说来话长。

地震的时候，我正在做饭，丈夫在另一个乡打工，房子垮塌，腰杆压住了，上身能动，下身动不了，有时候清醒有时候昏迷，6天以后被人掏出来，他们把衣服被子垫在地上，我又在地上躺了9天。当时好可怜哦，每家房子要么倒塌，要么摇摇晃晃，根本不敢进屋住，外面人进不了汶川，汶川的人出不去，山寨的人自己都顾不了自己，每个人都成了灾民。这半个月内泥石流好厉害，白天晚上山摇地动，到处都是哗啦啦滚石头的声音，山坡和田地变成软沙一样，躺在上面随时都要被甩出去或陷下去的样子。有的人家搭个棚子勉强安身，好不容易能煮饭了，泥石流掩埋了平地或小水坑，赶紧换地方搭窝棚，十多天换四五个地方，人人都找自己家里人，给自家寻找能住能做饭的地方，主要是找稍微干净的吃喝用水，家里粮食找不出来，就挖地里的洋芋大蒜吃，苞谷还没有挂胡子，吃不了，小沟小河都变浑变臭了。你说为什么变臭呀，山上的野猪、獐子、蛇、癞蛤蟆、老鼠被砸死

·岩兰花开·

了，家养的猪呀羊呀狗呀，还有人的尸首经过暴晒淋雨，生蛆变味。岷江有一个时间断流，河底见天了，有人就从岷江中间往家赶，没想到大雨一来，把堵住江水的石头冲开了，人和车就被冲跑了。

15天以后，亲戚把我抬到县医院，肚子鼓得好大，医生以为我怀孕了，在医院的帐篷里面又躺了一周，主要是消炎排尿，22天以后，乘直升机到成都，在成都市第七人民医院又住了一周，医生要把我转到外省，我不想去，太热了，怕死了回不来。他们就劝我，我只好听医生安排，他们就把我们50个伤员转到浙江杭州第一人民医院，褥疮、植皮、内固定前后做了3次手术，在那里躺了半年，护士每天用棉签清创屁股上的褥疮，帮助我锻炼，一年以后我能坐起来了。

飞机把我们送到杭州的，火车又送回来，在成都的医院和温江八一康复中心住了两年。这样算下来，在医院一共住了两年半时间，杭州半年有护工陪护，成都两年丈夫陪护。两个大人不在家，家就不成家了，3个娃儿没有人管，丈夫生闷气，娃儿受影响，生活全乱套了。

从医院回来以后，邻居家的新房子大部分都修好了，丈夫在医院照看我，没有工夫修新房，钱也不够，只好在板房里住了一年，山高坡陡轮椅上下不方便，村里在河边稍微平缓的地方划了一块地，修了四间平房连同院子，在新房住了一年零两个月，2012年夏天一场泥石流，把房子冲得无影无踪，连根筷子都没

142

有留下，在帐篷里住了半年，一家人早上愁晚上愁。丈夫天天骂我是个倒霉鬼，一粒老鼠屎祸害一锅饭，骂到气头上还打我、摔东西，我们天天吵架，大人小孩都气冲冲的，听不到一句心平气和的话，我天天哭，要不是牵挂娃娃，早死几回了。想一想他也难，从我受伤以后就没有过一天正常日子，医院里将就着吃住，回家没有安身的地方，长期过不了夫妻生活。

出院以后，跟医生还有联系，大女儿有他们的微信，杭州的医生知道我家情况以后，8个医生为我捐了1万元钱，还给孩子邮寄衣服鞋子，有的还是新的，你看我腿上盖的这条围巾就是他们送给我的，过年的时候又给我们3000元，劝我不要悲观，他们对我真好，做梦都梦见他们，有时候会跟他们打电话，我手机是棒棒机，没办法用微信，好想有一个新手机，又没有钱。

遭受泥石流灾害的不止我们家，政府出台了政策，一个人补助2万元，我家获得10万元补助，这套房子142平方米，一共18万元，2013年5月12日办的手续，13日就住进来了。除过国家补助，其余全是借的，如果国家不帮我们，下辈子都买不起这么宽敞的住房，儿子又生病，欠账还没有还完。

住进这套房子的时候恰好是地震5周年，2019年是地震10周年，每年5·12我都哭，开始还当着别人面哭，有人劝我几句，后来连劝我的人都没有了，好多人好像不记得曾经发生过地震，我只能一个人悄悄哭。这么长时间过去了，腰杆脚杆还痛，骨头痛，肉不痛，坐久了脚发肿，胸十二那里痛，感冒下雨最痛。睡

· 岩兰花开 ·

眠也不好，每天按时喝水按时小便，三四个小时小便一次，晚上不起床，大便有时候一周一次，有时候一个月一次，长时间大便不了，心里就烦。尽管治病康复的时候，很多人关心帮助，邓朴方、张海迪也来看望过我们，鼓励我们活下去，但病得久了，自己都厌烦自己，一点希望都没有，看见娃娃才活下来的。

在外面待了几年没有一点收入，回来以后绣鞋垫、绣挂毯，你们叫的是羌绣，很少跟外人打交道，没有销售信息，卖不出去，变不成现钱。住在城里一根葱一窝白菜都要买，水电费自己得出。幸亏我们家离果蔬批发市场不远，一年中有三个季节可以批发水果干果。这几天我就批发车厘子，卖完以后回家绣花干家务活，不敢久坐，隔几个小时得躺着休息一下。批发多了我拿不动，每次只买七八斤，小篮子装满就差不多了，放在双腿上，一只手扶轮椅掌握方向，一只手扶住篮子，一般到汽车站附近去卖，每斤能赚一两块钱，进价 6 块的话，卖出去 8 块，一天能挣20 块左右。再过一阵子批发杏子、桃子、红脆李、绿脆李，秋天批发核桃、板栗。

批发这些东西还有个好处，可以省一顿早点，在每个水果筐子、背篓前品尝，时间久了，有人看见我也不搭理，不愿意跟我讨价还价，知道我买不了几斤，还拿眼睛斜我，我尽量不迎那些眼光。

其实汶川县博物馆那个地方很好卖的，市场管理员不让卖，老撵我们。参观博物馆的人好多是外地人，有一次一个小伙子问我为什么坐轮椅，我说是地震伤员，他买了几斤给我100块钱，不让我找零钱给他，还动员其他游客也买我的。有的游客会先买我的，说残疾人优先，外省人对我们都很热情。好想有个新手机，这样就可以加微信，绣品也可以在手机上卖，绣了那么多鞋垫、挂毯卖不出去，好着急，卖不出去，就不想绣了。

这几年丈夫骂我少了一些，精准扶贫给了低保，每个月我还有残疾人护理补助，日子紧紧巴巴能过得去。儿子原来在映秀七一中学读书，地震前这个学校叫漩口中学，他比较老实耿直，不爱说话，2015年12月的一天，一觉醒来忽然发现头发掉光了，一根头发都没有了，到医院抽血化验，肝功能心电图都检查了，没有啥毛病，就是脸色发黄，干苍苍的。头发没有了，怕同学笑话，就从学校走了。有人说是精神压力太大引起的，你说他才十几岁，得这种病。唉，一场地震，我一个人受伤，却害了全家。按说他是老幺，又是儿子，最受宠爱，地震的时候还没有读小学，这10年我的病就是全家人最大的事，顾不上心疼他，长期得不到家庭温暖，得病的时候又是叛逆期，估计就是这个原因吧。

我跟他爸好心劝他，让他多读点书，他又到德阳技术学校学装修，每个月到成都看一次病，医生是一个72岁的老中医，给他用中药调理，每个月3000元药费，后来知道我们家穷，优惠到2500元，这几年全家人的医保都花在他身上了，一年就花2万元，前几天给雁门乡支部书记打电话，看能不能报销一点。头发还没有长出来，他心烦，难受的时候连电话都不接。

·岩兰花开·

2018 年 5 月 19 日去北川了，也就是前一阵子，二女儿陪着去的，租的面包车，一千多块钱车费，会务组报销，在北川住了两晚上，四星级宾馆，这是我 10 年来住得最好的房子。新北川好漂亮啊！去了好多地震伤员，都是重度伤员，没有胳膊的，没有腿的，北川、什邡、青川、汶川、都江堰、汉旺，各个地方的都有，一排一排的伤员，有的能自理，有的不能自理，大家见面好开心啊，大部分人都认识或在一起康复治疗过，跟老朋友一样，都希望地震 20 周年的时候再见面。

姨妈的心事

芳菲：女，1981 年出生，地震幸存者，孤儿领养人。

以下是芳菲的讲述。

我记得很清楚，2008 年 11 月，都江堰多条河流穿城而过，天气湿冷，他穿着一件黑色小棉袄，防寒服那种，一个人，呆呆地坐在楼梯口，外婆还没有回家，他就那么坐着，肩膀有些微微抖动，当时他 6 岁，我 27 岁，我领着儿子，儿子 3 岁。

我跟他妈妈是同事也是朋友，从小两家就熟悉，他叫我姨妈，但从来没有见过他这个样子，我跟他说话，他不理睬。我在他旁边站着，心里特别难受，那个天真活泼的孩子去哪了，命运怎么这么捉弄他啊，5 岁不到爸爸因病去世，还没有上小学妈妈又地震遇难，外婆也 60 多岁了，忍着失去女儿的痛苦带着他，婆孙俩相依为命。

再和他说话，依然没有回应，瞬间，我的心跳加速，一个想法火苗一样蹿上来，我对自己好像说了一句什么，然后就对他说，童儿你跟我回去，今后我怎么待弟弟，就怎么待你。说完以

·岩兰花开·

后眼泪不自觉地流出来，是的，那一刻，我哭了。儿子好像看出了我的决绝，赶快拉他，不停地叫哥哥我们回家，哥哥我们回家。他似乎有点犹豫，稍稍过了一会，才点点头，跟我们走了。

后来，有人问我当时是怎么决定的，是不是收养。我说没有怎么决定，是忽然冒出来的想法，也不是收养，只是尽我最大的力量照顾他。在他10岁左右，上四年级的时候，他外婆当着我和他的面，就我们三个人，说让他以后叫我妈妈。他没有开腔，我也没有这种想法，就说一直叫姨妈习惯了，妈妈这个称呼不是随便什么人都承受得起的。10年过得好快，如今他已经16岁了，过两年就参加高考了，性格也发生了巨大变化，从封闭胆小不愿意接触外人，变得活泼开朗易沟通。

我和他妈妈同时被埋的，我们在不同的楼层，几分钟前和同办公室的人还在聊几点开会，开会内容是啥子，几分钟后就迷迷糊糊了，我被埋了一个多小时，同事把我救出来的，他妈妈运气不好，没有出来。这场灾难过后，看似同事、同学、朋友没有多大变化，该上班的上班，该玩耍的玩耍，但每个人内心都发生了变化，大部分人对物质失去了兴趣，对享受看得更重。冷战的夫妻离婚了，也有更亲密的，熟络的亲戚不走动了，也有千里寻亲的。总之，很多东西都颠覆了。

以前我叫他童儿，到我们家以后也这么称呼，大多数时候还是叫他幺儿，幺儿今天作业多不多，幺儿该换衣裳了。皇帝爱长子百姓疼幺儿，幺儿是都江堰人的方言，是对儿子的爱称、昵称。有时候逛街，我们手挽手，一边一个儿子，买东西的时候两人一样多，买了食品、衣服，两个人抢着拿，从来不让我提重东西。童儿一开始只喜欢黑色和灰色体恤，现在也喜欢白色衣服，我让他把体恤穿在校服里面，打篮球跑步的时候就穿体恤。球鞋也买一样的牌子，两人商量着挑选，一个给另一个当参谋，学校一般不让穿凉鞋，基本上天天穿球鞋，冬天的厚一些，夏天是网眼状的。老公恰好有时间的话，会开车领我们到游乐园，我们办的有年卡。他各项体育活动都很出色，小儿子滑滑板、打羽毛球，都是哥哥教的。

两个儿子住一间房子，床是榻榻米那样的，两个人做作业，我和老公在客厅把电视声音调得很低，或者干脆关掉，过一阵给他们续一些开水，端一盘水果，将牙签插在每一片西瓜、苹果，每一个草莓上。因为两人白天上课，只能晚上洗澡，头发吹干才能睡觉，如果先给童儿吹，小儿子就不高兴，说偏向哥哥，稍微懂事以后就不说了。前几年童儿站着，我站着给他吹，六年级以前个子不高，初一的时候一下子就长高了，现在他 1.75 米，他坐着我站着给他吹。每次抚摸、拨弄他头发的时候，能感觉出来他很享受。心里清楚，他是在享受妈妈的温暖呢。小儿子很喜欢哥哥，几天不见就会念叨，小时候在一起会打闹，童儿让着他，大一点就不闹了，两个人说说笑笑，高高兴兴，他俩从人前经过，会引来羡慕的眼光。小儿子小的时候，会黏人，喜欢往我和他爸爸怀里钻，我和老公都明白童儿看见会难受，有意避开刺激童儿的亲昵行为，尽量一视同仁。

小学的时候他两边住，外婆那里住几天，这边家里住几天，外婆是法律上的监护人，毕竟外婆年龄大了，沟通起来有代沟，话说多了他嫌唠叨，外婆说他跟我话多一些，今天谁的书包不见了，笔又丢了，老师喜欢提问谁，啥都跟我说。初中高中住校，一周回家一次，有时候他乘公交车回来，有时候老公开车接送，在外婆那里住一晚，回这里吃一餐饭，外婆一个人孤单，他陪她聊天、买菜，非常懂事。

学校开家长会，老公在家的话他一定去，他去不了我就去，前几天我去开家长会，家长们把老师围得没办法多说一句话，回来以后给班主任打电话商量，看能不能针对他的弱项科目补课。班上有四五十个学生，他目前排名中间，他对我说期末考试希望能达到中等偏上。希望他以后能进电力系统，也是对电力系统的最好回报，他妈妈遇难前一直在电力系统工作，各级领导对他很关心，但你知道的，现在各个行业都是逢进必考，电力系统门槛越来越高，名牌大学毕业生才好进，如果进不了好单位，起点比别人低，一辈子生活都很艰难，希望他能考上好一点的一本大学。每次看到他带回来一大摞卷子，又为他发愁，太辛苦了。小小年纪失去父母，心灵创伤那么重，还要求他学习拔尖、性格开朗，太不容易了。今天早上还跟同事说这个事，这几天我要去学校，见一下他班主任老师，看有没有更好的办法能提高他的学习成绩。

经常有人说自家孩子叛逆期的种种状况，童儿表现不明显，可能与他过早遭遇灾难有关，他对生活和现状有思考，比同龄孩子显得成熟，真的到叛逆的年龄，反倒很正常。但他经常会受到伤害，有时候防不胜防，每次地震周年前后，我和老公就格外注意，尽量不让他受叨扰，拒绝采访，避免再回忆。今年三八节发生了一件事，让童儿非常痛苦，我也深感愧疚，觉得没有保护好他。

三八节一个单位搞活动，主办人给我打电话，说要给童儿拍一个视频，我没有当回事，就答应了。等我赶到的时候，童儿正捧着妈妈的放大照片和外婆抱头痛哭，导演还让他正眼望着妈妈。我快崩溃了，气得大声说，你们太残忍了，太残忍了。

我赶紧把童儿抱在怀里拍他，拉他离开拍摄现场，一直搂着他肩膀，一边拍一边说，勇敢点噢幺儿，姨妈没有保护好你，对不起哦。他哭了好久才平静下来，后来导演向我道歉，说从来没有见过一个大男孩哭得那样肝肠寸断。

一家人走过 10 年，有太多欢乐，困扰也逐渐凸显，毕竟他要走向社会，我们只能保护他在家里的生活，无法杜绝社会的干扰。一方面希望他学习进步，将来有个好前程，一方面怕他太辛苦劳累，经常会为这些事纠结烦恼。

采野花的小男孩

玲霞：女，1975年出生，幼儿园职员，再生育母亲，单腿高位截肢。

以下是玲霞的讲述。

不知道你要采访什么，我知道作家很想从思想层面上挖掘，但我没有波澜起伏的治愈故事，没有闪光点，很平淡，很平常，没有值得书写的。想到既然活下来了，总比去世的人要好，总比截了胳膊的人好，总比截肢的娃儿好。不愁工作，父母和爱人对我很关爱。肢体上的痛苦比失去女儿的痛苦，要轻一些。

那就从家庭说起吧。

我的心态之所以这么好，与我的亲情关爱有关，这方面非常重要。老公以前是小学教师，地震前就改行了，我学的是幼教专业，一直是幼儿园老师，我们是自由恋爱走到一起的。地震过后，老公在事业上有多次升迁机会，他在公安系统工作，单位要把他派到派出所任职，因为我的原因，他就回绝了。如果到基层上班，就没有办法照顾我。刚装假肢那阵子，走路不方便，心情不好，他每天下班后开车带我出去兜风，陪我散心，啥事都征求我的意见。在外人看来，我已经残废了，觉得他可能会嫌弃我，低看我，但他没有，比以前更加关爱我，这是让我感动的地方。

公公以前是个大男子主义，一直由我婆婆照顾，我受伤以后行动不方便，婆婆跟我们一起住，帮忙料理家务。公公住在别处，学会了自己煮饭，话虽然不多，行为很温暖。娘家父母也很关照我，家庭的温暖对我心理恢复作用很大。幼儿园领导同事非常理解我，我戴假肢以后他们怕孩子跑来跑去绊倒我，给我安排力所能及的工作。

除了这些，自己还要想得通，上天让你活下来，就要对得起人家，就得好好活。舍去了一部分肢体，保全了自己生命，其实也划算，不能总跟正常人比。有人说福兮祸兮，灾难的考验，更加能够体会到亲情和友情的可贵。

自己要找到幸福点，我的幸福点就是活着就好，活着就能继续享受亲情、爱情和友情，活着比什么都好。你说的那些抑郁呀自杀呀，我就想不通他们为啥要那样，生命最重要，有啥想不开的呢。可能我一直比较想得开，遇到坏的事情，要找到好的事情安慰自己。比如肢体残缺了，工作相对轻松了，关爱孩子的机会就更多了，给娃儿的锻炼机会就多了。

儿子 2010 年出生，跟同龄孩子比起来，真的很暖心，很懂事，更会关心人，这是他一个很大的优势。我下斜坡坡的时候，

· 岩兰花开 ·

他肯定要来扶我。戴假肢的人负不了重，截肢面受到压迫会疼痛。平时买了东西，他肯定会提重的，让我拿最轻的。前几天过"六一"儿童节，朋友送给他一套精装本的书，厚厚四本，还有一盒蓝莓。同时还送给另一个朋友一模一样的礼品，这个朋友不在家，就喊我们带回去，这样就是八本书，两盒蓝莓。儿子提了两套书，我拿了两盒蓝莓，看他提得重，就要帮他。他说妈妈，你提轻巧的，我提重的。走到小区，碰见小朋友喊他去玩，他说先把书提回家再玩。我让他提到电梯口，自己提回家，他说不行，太重了，我提回家再下来。

有一次我生病了，躺在床上呕吐，他爸爸加班，儿子就给爸爸打电话，让他赶紧回来。老公回家以后，让儿子下楼去玩，说小朋友都在下面玩哩。儿子说我就在家，万一要我干啥子事，我就可以干呀。

2018 年，我带上孩子跟幼儿园的同事到成都玩。我走路不行，走远了会痛，同事就带我儿子和自己的孩子去玩，我在旅馆休息。玩了一会他们在外面吃饭，每端上来一个菜，儿子就给我夹一些，然后打包给我带回来。去年过年的时候，父子俩到同一小区的朋友家玩，儿子发现松子好吃，我们家没有，就跟阿姨说，可不可以给妈妈带一点回去，经过同意，剥好几粒，小手捏着，一直捏回家，然后双手递给我。接过一粒粒小小的松子，非常意外，也很惊喜。他在外面玩，想要什么，会征得别人同意才拿，这个习惯很好。一些朋友也觉得这个儿子真是了不起，是个暖心的孩子。

一起出去玩的时候，我行动不方便，就让儿子去看一看，然后回来讲给我听，他观察会格外细致，生怕漏掉一个细节，这样也锻炼了他观察和语言表达能力。比如一家人去登山，到山上去采野草莓，野草莓只有小拇指大小，我上不了山，在山下等他们。他采摘以后回来，会告诉我草丛里长了几株草莓，一株上面结了几颗草莓，几颗红透发紫了，几颗还是白色的或绿色的，开了几朵花，花是什么颜色的，有几片花瓣。有好看的野花，会给我采来，有时候是一束小朵的菊花，黄颜色的那种，有时候是几朵野百合，把花凑到我鼻子上，让我闻是不是很香，这一点比他爸爸有情调，呵呵。

他还喜欢爬树，遇到蜗牛，会告诉我蜗牛是什么样子的，蝉叫的声音是什么样子的，麻雀叫是怎样的声音，还给我学那叫声。去小溪边网蝌蚪、摸小鱼，父子俩下到溪水里，我在岸边看他们，就像欣赏一幅画，欢声笑语从溪水和石头间飞出，他还时不时仰起脖子叫我几声。看见他欢快的样子，我也感到无比踏实。

他爸爸带他去骑自行车打篮球，回来给我讲骑车去了什么地方，看见了什么稀奇事情，遇见了什么样的人，人手里拿的啥东西，那东西能干啥。跟谁打的篮球，谁传球传得好，谁投球投得准。他运动量大，体质还不错。

因为有些事情我干不了，他从小自己干，在生活方面很能

· 岩兰花开 ·

干。所以，灾难以后要静下来，好好想一想，任何坏事情都有好的一面，应该认真体会生活中的点滴幸福，我现在非常平静，也很快乐。

为什么那么多失独父母，迫切地想再要一个孩子？是想有一种寄托，生命得到延续。女儿离开的时候9岁，当时非常痛苦，闲下来的时候会胡思乱想。之后的一年多时间，一直想再生育，可能是太紧张，情绪也不好，总也怀不上。后来我们俩去西昌耍了一圈，回来发现怀上了，我们同事就笑我，就是刚才进来的那一位，她积极向上，很有思想。她是眼睛受伤，把她的经历写出来，肯定比我更精彩，但她拒绝一切采访。

刚才那位老师说过，截瘫截肢病人有个共同点，他们的娃娃都很懂事，大概就因为大人行动不方便，娃娃锻炼机会多。尽管我没有坐轮椅，假肢走路一瘸一拐，路人会看来看去，或者嘀嘀咕咕，当然都是小孩子，大人不会太在意。儿子就会告诉看热闹的人，说妈妈的腿在地震中压断了，戴的是假肢。他很坦然，不避讳。孩子小的时候我想，这种状况会不会让他在学校抬不起头，被说妈妈是残疾人？到目前为止，没有对他有太大伤害，不知道以后大一点会不会受影响，会不会有自卑感。这几年每年都要领孩子出去旅游，云南、青海、北海都去过，有时候坐飞机，有时候几家人一起开车出去玩，也开阔他的视野。

地震受重伤的初高中生，心理落差会很大，毕竟以前是正常人，而且面临就业和婚姻，考虑的要多，困难也大。身体残缺，怕给别人添麻烦，与其让别人嫌弃，还不如不结婚，这个群体抗拒婚姻家庭，也正常。身体健全的人一般不愿意和残疾人结婚，残疾的确是一种负担。

我们这个年龄段比他们要好一点，两方面都不需要考虑，成人自我调节能力强一些，走出阴影的时间要短。我的残缺给家庭造成了负担，这是无法回避的事实，幸好家人不觉得照顾我是负担，认为是一种责任。听说有的地震伤员，尤其是女性伤员，在家庭中受歧视，被嫌弃和家暴，我丈夫对我很好，真心实意地对我好。周围的人，认识我的或不认识我的，都认为我很幸福，丈夫不抛弃我，我也很珍惜。

截肢在膝关节以上，右腿，假肢有关节，可以弯曲，晚上洗腿，丈夫帮忙接水倒水。重一点的活，要么是丈夫做，要么是儿子做。腿平时不痛，走路久了，假肢和截肢面会发生摩擦疼痛。一天能走两里路，上下班丈夫开车接送，中午在幼儿园吃饭午休，上班就是整理图书，借阅图书，写工作汇报，一点也不累，走路也不多，回到家大部分时间坐着。冬天可以走长一点，夏天走远了会痛，假肢和肌肉一样，都会热胀冷缩。

假肢由四川省假肢厂免费提供，10 年中换了 3 次。这一次工伤报销了一部分，这个假肢七八万元，像我这种情况的人，安假肢可以报销一部分，自己承担的费用少。

我的人生也有许多遗憾，从 2018 年过年到现在都 6 月份了，可能是更年期综合征，身体一直不舒服。我 1975 年出生，40 岁就

· 岩兰花开 ·

不来例假了，好几个朋友地震以后忽然就绝经了。我为此天天喝中药，情绪控制不好了会骂孩子，说话声音大，认为他做事速度慢，学习上粗心大意，训完以后，觉得不对，很后悔。以前觉得儿子健康就好，后来觉得聪明一点好，读书以后，还要他学习好点，总是贪心，用最高的标准要求他。最近两周，感觉自己不知足，努力在克服，要少些抱怨。其实反省自己，大人都不一定能做到，更何况一个8岁的孩子。

他目前读一年级，学习任务重，有意让他大一点读书，这样更自信，晚一年读书，多一年快乐。奶奶接送他上学，走路去，20分钟左右到校。有些孩子见到家长，把书包交给家长。我们从小教育他自己的事情自己做，他从上幼儿园到现在，书包都是自己背，尽管书包加重了，还是不让家长帮忙。

我不太会比较两个孩子，龙生九子各有不同，咋可能一样呢，各有各的优点。每年5·12避开各种报道，不看电视、报纸和微信，不看手机。清明节、地震周年、除夕，都是老公去老县城烧纸，我只在3周年的时候去过一次。

我是一个想得开的人，刚才那位老师更坚强，比我还想得开，你发现没有，她面容平静，无喜无忧。以前她特别漂亮，个子高挑又爱美。地震使她脸上的骨头好几处断裂，手术后脸上有多处疤痕，眼睛不聚焦，出现重影，到现在看东西都会重影。平时学摄影，学茶艺，自学考的心理咨询师，她的经历充满正能量，更加能激励人。她比我小几岁，丈夫和女儿遇难，自己受伤。现任丈夫在电信公司上班，妻子和儿子遇难，他们是重组家庭，再生育儿子今年 6 岁，上幼儿园大班。

哦呀，你看那就是她儿子，平头，俊俏，皮肤麦子色。刚才膝盖摔流血了，妈妈给他抹了一点红药水就出去忙别的了，他端端正正坐在沙发上，坐了一会，自己低头吹受伤处，觉得无聊，顺手取一本童话书自己阅读。瞧他多安静，不哭不闹，没有嬉笑，也不忧伤，感觉像个大人。这些震后宝宝们，看起来和其他孩子一样，其实各有不同。

唤出来的同居者

黄晴：女，1973出生，城镇居民，重组家庭，一条腿膝盖髌骨处截肢，一条腿畸形，二级残疾。

以下是黄晴的讲述。

地震前我们还是很幸福的，父母家人都在北川，小家庭经营得比较好，我做童装生意，那个时候专门卖童装的商店很少，加上我穿得漂亮喜欢打扮，在县城小有名气，被称为童装公主。老公以前在粮食部门上班，下岗以后在一个小公司当会计，刚好那一年从单位出来，兼几份职，不管干啥，都依着我们娘俩，对我和女儿真的好。女儿当时12岁，读初中一年级。那天老公准备去绵阳出差，没有出去，结果就遇难了。

我正在市场卖服装，被压到房子下面出不来。下午5点左右，现在这个老公老王来找他儿子的女朋友，那个女孩叫王晴，他拼命地喊叫王晴，王晴。我就在底下答应，因为我叫黄晴，听起来差不多。他顺着声音赶来，我埋得不深，他就踩在我头顶的预制板上，一问一答间，我请他救我。他还是有劲，毕竟是农村人嘛，就掀开预制板，把我背到茶厂坝坝上。

当天晚上11点的时候，县中心医院来了几个医生，因为没有药物，只能从商店找来食盐，在开烧烤店的人家找来茶壶，熬盐水给我们喝，大概有几十个伤员。当时一个小伙子是绵阳的，陪朋友来北川出差，看到大家都在喝，他也口渴，就喝了半碗，没想到小伙子是内伤，喝完不久就死了。

女儿比较幸运，教学楼没有垮，老王把我背出来的时候碰见一个亲戚，说女儿好着哩，也是我坚持下来的动力。几次我都昏厥过去，清醒的时候给旁边人说，一旦我昏迷了帮忙掐我人中，大家都是伤员，有时候顾不上我，实在没办法，自己使劲掐，目的就是想见女儿一面。

5月13日，部队的娃儿找了半个门板和一截广告架子，把我绑到上面，也不是抬，好像用手这么托着，有七八个人，有人拿行军壶里的水给我喝，喊我坚持住。没有路，从石头缝隙中一点点挪步，一个娃儿一边抬，一边哭着说，哎哟，咋得了哦，简直没法哦，好累噢。

到北川中学以后，伤员太多，救护车拉不赢，一个熟人对救援者说，黄晴的伤好严重，赶快拉上走，就把我抬上了救护车，上车以后输上代血浆，送到位于绵阳的解放军520医院，在帐篷里做的手术。当时没有家属陪同，没有人签字，处于半昏迷状态。一条腿从膝盖髌骨处截肢，髌骨保留着，戴假肢，一条腿畸

· 岩兰花开 ·

形，缝了十几针。清醒以后请熟人给妈妈打电话，用了好多年的号码，怎么想都记不住尾号，从下午想到晚上终于想起来，才联系上父母和妹妹。20日转到重庆一家医院治疗，一个月以后转回绵阳继续康复，后来在成都装的假肢，妹妹一直陪着我。

2011年春节前搬到新县城，房子属于简装，买房花了8万多。回来以后一个人带女儿，在家开了一个麻将馆，又开了一个童装店，要到成都进货，挑选服装得走来走去，还要拉货，假肢行走久了疼痛，两年以后就不开了。

以前老公管家，存折由他保管，后来查询存款账户，显示2008年5月2日钱被转出去了，大概有几万元吧，户头竟然是空的。当时还着急，后来想人都没有了，还计较啥，不知道是借出去了还是转给亲戚了。有一个人以前向我们家借过钱，老公也遇难了，自己因为压抑，情绪不好得了癌症，打电话问了一下，她说是向你家借过钱，但心有余而力不足，没办法还，我也不好意思再要，只问了这一次，也就算了。

老公有三兄妹，他是老大，一个兄弟媳妇和一个侄子也遇难了。我1973年出生，现在这个老公姓王，比我大12岁，他母亲、妻子、妹妹全部遇难，儿子的女朋友也没有了，就是那个和我名字一字之差的女孩，这样的家庭在北川比较普遍。

地震以后政府给了5000元安抚金，用钱明显没有以前宽裕了。老公离开以后，有人给我介绍过男朋友，交往以后发现不合适。老王原来在县城城郊开农家乐，去吃过饭，但没有打过招呼，我跟他表妹是同学，2009 年和老王住在一起，算是同居。

我们这种残肢晒太阳痛，下雨痛，平时痛得轻一些，每逢节气痛得实在没办法，一年 24 个节气，没有一次不痛的，主要是经络不通，神经全集中到截肢面引起的疼痛。前一阵芒种那一天痛得直哭，他就给我捏，捏了一晚上，他对我非常关照。

我们没有领结婚证，开始还提一下，后来就不提了，各人有各人的房子，各人管各人的钱，家里买东西，谁碰上了谁买。震后他不开农家乐了，在社区上班，一个月 2000 多元收入，我以前交了社保，现在每个月领 1000 多元，还在一家小公司当出纳。

父亲原来在青海当过兵，在我还没有出生的时候一只手臂就没有了，很小的时候父亲单手骑自行车，前面横杠上坐一个，母亲坐在后座上，怀里还抱一个，我对伤残人员没有距离感，也不觉得有啥不方便。当时在帐篷里迷迷糊糊被截肢，家人来以后怕我接受不了，绕来绕去安慰我，我说一声，没事。除过疼痛，心理上真的没有啥过不去的。有的伤员在医院被呵护关照，到了社会上恐惧害怕，我一点都没有不适感。

所以，你刚才夸我四川话说得好听，跟音乐一般，长发卷着大大的波浪，显得有些优雅，主要是心态好，因为是假肢，一年四季得穿长裤子，肯定是宽腿长裤，我有好多条面料不同的宽腿裤，穿漂亮了心情会好，单看我这条白棕相间的条纹长裤，一点也看不出异常，敲一敲就知道是假肢了，嘭嘭，嘭嘭，你听，对吧。如果不走路，只坐着，一点看不出我残疾，一旦走路，就露

·岩兰花开·

馅了，一瘸一拐，更不能跑步，不过也没有啥大不了的。以前有人采访我，说震裂的伤口愈合了，震垮的家园重建了，震碎的心灵是否平复了，我觉得没有啥安妥不了的，人一辈子哪有啥都顺的呢。

相比较来说，有收入有单位的伤残人员，心理恢复快一些，衣食无忧心情就好，生活自然就舒坦。没有收入的女人比男人要难，女主人倒下了，啥都乱了，不但为一日三餐发愁，还要忍受丈夫在外面找女人，有的还会被嫌弃，孩子也会跟着受牵连。如果男人倒下了，大部分女人会任劳任怨，一个人挑起家庭重担。

心理创伤最严重的大概是刚刚懂事的孩子，十年光阴，女儿比我走得更艰难。

有人说女儿是父亲的前世情人，放到我们家一点不为过，女儿从小受宠爱，爷爷奶奶爱她，老公心疼她，小时候架到脖子上，背在背上，大一点大手牵小手，进进出出欢欢喜喜，走到哪里都能听见父女俩的笑声，家务活老公全包揽，他走以后，我才学做饭。大概也因为这个，后来认识过的几个男朋友照顾不了我，还要我照顾对方，没有谁能跟老公相比，而老王会做饭，对人体贴，所以就搭伴过日子。

从初一到进大学，从12岁到18岁，整整6年时间，女儿不说"爸爸"两个字，也不让别人说他爸爸半个字，如果看到别家爸爸和女儿在一起，会偷偷流泪，从内心不接受父亲离开的现实。原来活泼快乐，喜欢艺术，学习拔尖，初中高中学习下滑，就上了二本大学，学前教育专业。到大学以后，也许发现和她同样遭遇的人太多，也许年龄所致，各种文艺活动也多，一下子唤起了沉睡几年的天赋，唱歌、跳舞、组织能力全都发挥出来，又当学生会干部又当班长，2017 年成为预备党员，获得过全省优秀大学生称号，寒暑假教小孩舞蹈，参加培训学习，周末做兼职，一个假期能挣六七千元。毕业以后可以去新疆、西藏等地工作，想着要照顾我，应聘到绵阳安州区一所幼儿园上班，离家非常近，上下班十多分钟车程。

前一阵子母亲节的时候，给我发了 200 元红包，知道我跟几个朋友在一起，给我和朋友每人都送了鲜花。刚和老王住到一起的时候，女儿不喜欢他，也不叫他，老王天天接送她，饿了送吃的，下雨了送伞，时间久了，才叫他叔叔。大一点以后，对老王越来越亲，过父亲节和春节，会给老王买衣服，和老王一起做饭，交流学校里的大小事情，厨房里经常会有笑声，有时候老王会说，还是女儿好。

老王也不容易，母亲、妻子、妹妹都不在了，儿子是义务兵，回来以后打零工，后来在绵阳上班，喊我娘娘。现在已经 30 多岁了，婚事是我们操办的，孙子已经一岁多，周末保姆放假，儿子媳妇把孙子领回来，老远见到孙子，争着抢着亲热，家里玩具堆成了小山，我对童装一直有兴趣，经常把孙子打扮得小王子一样，女儿也喜欢跟小侄子玩耍，每到周末，家里就笑声一片。

仙女小妈妈

小苏：女，1994年出生，"无腿蛙王"代国宏之妻。

2019年3月16日，代国宏在微信朋友圈晒出一张襁褓中的婴儿照片，标题为"母子平安"，随后又留言：小叮叮，初升的太阳正用金色的阳光为你洗礼。

我忽然生出感慨：多好啊，美若天仙的小苏当妈妈啦，真诚善良的小妈妈噢。

自此，代国宏不单是一位励志型的地震明星，更是一位父亲。从11年前的北川中学高二学生，到全国残疾人游泳锦标赛百米蛙泳冠军，并且打破残运会百米蛙泳全国纪录，被称为"无腿蛙王"，受到社会各界关注，他的经历和故事广为流传。目前做生命教育和游泳教练，也是书舍合伙人兼书法教师。

2018年6月9日我从都江堰到北川，见到的第一家北川人就是他们，小两口和奶奶、姑姑正要离开农家乐，匆匆聊过一会，约好次日见面。这是一辆黑色高档越野车，代国宏拉开副驾驶车门，一手抓住车门把手，一手撑住座位，一跃而上，稳稳地坐上了车。小苏熟练地把轮椅合上，放进后备厢，姑姑扶着奶奶已经坐进后排座位，小苏上车后，手握方向盘，踩油门的同时，俩人侧脸向我微笑，然后缓缓驶去。

蓦然，我看见一只核桃般大小的琥珀色小脚，和挂件一起，在俩人额前摇摆不定，熠熠生辉。

那一刻，我的心抽搐了一下。

第二天，我们在一个叫"妈妈农场"的公益场所见面，和他俩进行了一个上午的交流。出于不愿意重复的原因，以他妻子小苏为主，讲述他们的过往和当下。

以下是小苏的讲述。

感谢杜老师这么远来看望代老师，是的，在正规场合，我称呼他代老师，他介绍我是他太太，呵呵，不光你一个人说我们长得像，面容温和，皮肤白净，许多人都说我是他妹妹，相处久了，长相就相似，可能就是夫妻相吧。

因为采访太多，回答的都是同样问题，他不愿意总回忆过去，我先介绍一下他的情况吧。他 1990 年出生，地震的时候 18 岁，正在北川中学读高二，按照他的想法，高中毕业后报考国防科技大学，当一名有知识有文化的军人，保家卫国，彰显男儿本色，干一份稳定工作，娶妻生子度过一生。他是班上的文艺委员，那天下午上课前由他起歌，唱的是《相亲相爱的一家人》，同学们边唱边或调皮或友好地互相望一眼。出事以后，大家在凌乱的废墟中继续唱歌，以此来增加勇气，为了保存体力，后来改为

·岩兰花开·

轮流呼唤对方，防止昏迷。

同桌用微弱的声音对他说：国宏，你出去以后一定要找到我爸爸妈妈，我特别想念他们。你在完成你的梦想之后，要记得帮我做一些有意义的事情。刚说完女生就停止了呼吸。

为了活下去，他从废墟的缝隙里接雨水喝，甚至咬破自己的手臂吸毛细血管里的血液，被掩埋近50个小时以后，已经陷入半昏迷状态的他被重庆消防官兵救出，并被送到第三军医大学新桥医院救治，永远失去了双腿。那段时间几乎每天都收到病危通知书，有一次，股动脉的血一下子喷到天花板上，整个病房全都是血。后来医生告诉他，如果当时没有抓住股动脉的血管，生命最多只剩两分钟。如果手术后没有醒过来，可能就醒不来了。住院的时候，他要求住靠窗边的床位，特别害怕在中间和里面，主要是想看外面的世界，一只飞鸟、几朵白云、一片绿叶，都会让他心情稍微舒畅一点。

刚开始他悲观厌世，经常对爸妈和哥哥发脾气，谁的话都听不进去，排斥心理干预，认为站着说话腰不痛，有腿的人跟无腿的人说站起来，是件非常荒诞的事。有一次让哥哥给他买菠萝，哥哥回来说没有卖的，他当时就发火了，说你长脚是干啥的，叫你买个东西都找不到，哥哥没有说话。

说起来要感谢新桥医院信息科主任李初民，他也有个儿子，当时处于玩玩具的年龄，李叔叔领着儿子经常到病房和他喝茶聊天，知道他家种茶树，说茶树不会因为茶叶采摘而枯萎，这句话深深地影响了他。医生说游泳是最好的康复锻炼方式，2009年6月代国宏生平第一次接触游泳，晕头转向，呛了很多水，但心情舒畅。这是他受伤之后第一次不需要轮椅，不需要拐杖，自己决定行动方向和目的，真切地体会到自由的美好。恰逢四川省残疾人联合会挑选专业游泳运动员，他顺利入选，先后夺得省市和国家级9枚金牌。

2015年9月18日是个值得纪念的日子，全国第九届残疾人运动会暨第六届特殊奥林匹克运动会游泳项目进入最后争夺赛，在男子4×50米混合泳接力赛中，四川队获得亚军。负责第二棒的他在颁奖仪式过后，伴着专门为我们播放的歌曲《最浪漫的事》和众人的祝福，向我求婚并为我戴上戒指，这场比赛之后，他宣告退役。他的成长备受各界关注，多次参加央视节目，《乡约》栏目为我们颁发了"中国最美十大爱情故事"荣誉牌。

出院之后，他每年都回重庆，这几年我陪他去，一方面是体检，一方面是看望帮助过他的医护人员，那是他获得新生的地方，他自己说是回家，医院说他是探亲。他用两年时间恢复身体，用六年时间恢复心理，到2014年靠自己的力量可以做好一切，完全接受了自己无腿的现实，在成都买了车买了房，房子是分期付款，和他游泳教练同一个小区，属于高层电梯房，生活比较方便。

随他第一次去重庆的时候，肾内科病房一群护士迎上来，就像见到久别重逢的兄弟姐妹，护士长拿出一沓珍藏的照片，有病床上国宏苍白虚弱的记忆，护士带他出去游玩散心欢乐的留影，

·岩兰花开·

还有濮存昕、张国立等众多明星和爱心人士看望鼓励他的合影。到骨科病房，他给我看他睡过的病床，说当年写了一幅毛笔字"感恩"挂在床头。大家了解到他退役后靠做游泳教练和生命教育撑起了我们家，还在书舍当书法老师，给大学生当生命教育导师，都非常欣慰。

临近地震10周年的3月底，我陪他到北川老县城寄托哀思之后，再到绵阳，一路走到重庆。为什么说走呢，因为他基本上靠轮椅滑行，我开车保障他的后勤，5月9日抵达新桥医院。如果乘坐火车也就两三个小时，但他走了一个多月，媒体称是"长途行思"。这期间，他拜访了那位同桌的父母，这是以前不愿面对的。他有一个习惯动作，其他人不解其意，每当他取得成绩，心中喜悦时，会举起右手，伸出食指和拇指，指指天空，其实那是告诉遇难的同学们，他们没有分开，他们的心一直在一起。

我们无法理解他所经历的痛苦，也感同身受不了那些刻骨铭心的关爱，和他相处久了，才慢慢理解博爱是他的生活常态，并不是刻意为之，不管遇到什么事，哪怕是一盏路灯掉下来，也会找人把灯装好，说害怕晚上有人看不见。因为他经常参与公益活动，认识的人比较多，不管是谁需要住院或者更换假肢、轮椅，他都会尽其所能，提供最大帮助。我没有他的那些经历，不能站在他的角度思考问题，没有办法达到他的境界，唯一能做的是支持他。

你说他的微信名字奇怪，为什么叫叮当猫，这也是有渊源的。他在重庆住院的时候，每天都有素不相识的人探望他。一位阿姨送了两件叮当猫的 T 恤，他穿了几天，大家以为他喜欢叮当猫，于是他接连收到十多件同款 T 恤，也因此被叫作叮当猫。我们俩约定，给未来的孩子取名叮叮，当然这是小名。

你问车上的挂件小脚呀，那是一位寺庙的住持送给国宏的，用意自然是美好的，不清楚他第一眼看见这只小脚的感受，但我了解他已经放下了许多，能够坦然面对现实。

许多人好奇我一个四肢健全的姑娘怎么会嫁给他，我就说说自己的情况吧。

我家在成都，父母就我一个孩子，以前没有正式恋爱过，他是我第一任男朋友，也是最后一任，他以前恋爱过。过去就过去了，没有什么不好，美丽的玉总是要雕琢的，最终这块美玉到了我的手里。

我 1994 年出生，2013 年 5 月 7 日参加一个朋友的家庭聚会，大家都到齐了，等了他将近两个小时，他才顶着一个西瓜头，穿着一件红颜色格子衬衣出现，所以他给我的第一印象并不好。交流以后发现他乐观豁达，并加了微信好友，交流越来越多，也逐渐崇拜他了，那个时候我不到 20 岁，他比我大 4 岁。

他家在北川，我家在成都，按照正常生活轨迹发展，我们很难有交集，5·12 改变了彼此的生活航向，将我们紧密地联系在一起。他原本要上大学，失去了双腿，学会了游泳。我原来的理想是要么当老师，要么当医生，我爷爷一辈全是老师，从小对老师有感情。地震的时候我 14 岁，看电视觉得当护士多好呀，关键的时候能帮

· 岩兰花开 ·

到人，就去成都军区总医院做志愿者，那时候太小，干不了什么，就跟着哥哥姐姐一起，清理帐篷里的垃圾。就是因为这个动因，我决定以后当护士，假如不当护士，也不会认识他。更为想不到的是，电视里报道一个男孩子脚踝受伤，需要截肢，记者讲以后成家怎么办，我就萌生一个念头，如果以后我遇到这样的人，只要他人品好，就不会因为这种事不跟他在一起。现在想起来都很震惊，难道是冥冥之中的安排，这件事都没敢跟我妈说过。

他是一个有才气的人，为我写过上千首情诗，抄在百米长卷上。他宽容、幽默，善于沟通，比同龄人显得成熟练达。以前我家住在没有电梯的七楼，他就一层一层爬上去。父母最开始不同意我的选择，交往以后，发现他值得信赖，也有人劝阻过我，但每一段婚姻，每一段感情，每一段缘分，包括朋友亲人，没有谁能保证一直走到最后，唯一能做的，就是珍惜当下，慢慢地努力经营，相信这条路会越走越长。

我们是 2017 年结的婚，他在生活中各方面都让着我，不会跟我起正面冲突，如果争吵激烈，会选择沉默或哄着我，平静以后，我会特别后悔，觉得自己做得不对。细细想来，随时随地都有感动的事，他讲笑话也好听，尴尬的事会转化得有趣。有一次我同事来玩，抱了一个大西瓜，皮很绿，感觉像是假的。他就问，这是西瓜还是球。我说是西瓜，他说，哎呀，我以为是球哩，差点踢它一脚，大家哈哈一笑，和我同事的距离就拉近了。有时候意见有分歧，我就说你不要听，把耳朵拉下来不要听，他马上会说，我又不是二师兄，干吗把耳朵耷拉下来。我说你怎么这么过分呀，他说，什么过分，我是下水道吗？过粪？和他在一起得到最多的是快乐，所以我很快乐。

国宏全家每个人都真诚善良，爸爸在不远的地方打工，哥哥嫂子在都江堰生活，侄子在那里读书。婆婆跟我讲，她没读过什么书，从小要求兄弟两人见到谁都笑嘻嘻地打招呼。他小时候聪明开朗，也带一点羞涩，家门前修路，每天提一壶水，拿一个杯子，蹲在那里给人家倒水喝，其实都不认识。

他第一次带我回家，爷爷把衣服一层一层揭开，拉出一个缝了好几层的小袋子，从里面掏出皱皱巴巴的两张百元整钱给我，不要他还生气。每次回去爷爷奶奶都会和我们坐在凉亭玩耍，爷爷拿出两个橘子，一只手一个，左看看右看看，然后把大的递给我，小的剥开自己吃，他牙齿掉光了，只能嚼来嚼去，这是爷爷留给我的印象。

2015 年爷爷去世，我请了几天假，和国宏一起回家，墓碑上要刻后辈的名字，当时还没有领结婚证，下葬的时候，我戴着孝，猛然看见我的名字在孙媳妇的位置，感慨万千，他们对我真放心呀，这是多大的信任。他们完全把我当成家人了，我也有种归宿感，爷爷可能预料到我会成为他的孙媳妇吧。

现在我来回答你的问题，你说昨天为什么把黄果兰先给奶奶挂到胸前纽扣上，再给你和其他人，其实即便有比奶奶年龄大的人，我也会先给奶奶。爷爷去世以后，奶奶就是我们家的寿星，

·岩兰花开·

她马上 90 岁了。你看到的，这种花呈淡黄色，味道香极了，干枯以后变成红色，不管是鲜花还是干花，人人都喜欢，还能入药。

我俩和公婆一起住，奶奶一个人住，中间隔一条马路。奶奶很让我感动。以前摔过一跤，有后遗症，说话一般人听不懂，反反复复说的都是相同的事情，有一些特殊的代词，比如喝水，会说成喝衣裳。太多事情和人都忘记了，但不会忘记两个人，一个是他小儿子，一个是国宏，叫他小孙孙。昨天给奶奶看抖音，视频里有一个人总流鼻涕，奶奶拿出手帕给手机上的人擦鼻涕，我们平时给她拍照片或拍抖音，她非常配合。

说起公婆对我的好，就想笑，我觉得很搞笑。国宏给家里买了一套 3000 多元的沙发，婆婆特别宝贝，用很花的床单遮盖，怕脏了不好洗。我第一次去，房间特别整洁，沙发干净漂亮，特意把床单取了，我走以后（她）又盖上。我喜欢吃烧红薯，每次回去婆婆都给我烧，会按照我喜欢吃的烹饪方式给我做。婆婆做菜盐重，给她说，下次还重，我在家的话一般我做饭，我喜欢下厨，国宏喜欢吃我做的菜，尤其是奥尔良烤鸡翅，早餐做得好看又有营养，有时候做得不成功，他依然会鼓励我。最近他减肥，不太吃大肉，鱼要吃的。我平时跟婆婆说话礼貌一些，跟国宏更自由随意。我们俩三个手机，基本上都放在一起，每次婆婆打电话总打给我，刚才来电话是问中午回不回去吃饭、等我回去一起包包子还是她先包。

公公话没有婆婆多，只要听我们说需要什么东西，还没有反应过来，已经买到跟前了。平时会给公婆买衣服首饰，他们嘴上说不要，但逢年过节都穿我买的衣服。

打算要孩子才选择回北川的，我很喜欢有山有水有树林的地方，空气洁净污染少，水、电、气、路通到村子，夏天不需要用空调，太阳照到的地方有点热，树荫下很凉爽。推开门就能拔到萝卜、白菜、葱和蒜苗，结婚以前可能觉得这里不方便，结婚以后这也是自己的家。

我们打算生两个宝宝，比较喜欢女孩子，如果一个男孩一个女孩更好。宝宝出生头三年，最重要的教育来源于父母，我想让自己的孩子不仅能学到书本上的知识，还能学到大自然中的知识，城市的孩子有的分不清韭菜和麦苗，跟大自然亲密接触肯定是有益的。

他希望在这里待 3—5 年，这 10 年经历了很多，知道残疾人不容易，想和北川县残联联系，尽其所能为当地残疾人做点事情。最终生活的地方还是成都，电梯房上下便捷，地铁、车站无障碍设施健全，出行比较方便。2018 年 3 月我把医院的工作辞了，学了两个月茶艺，专业老师教授，这是我一直喜欢的事，家庭是人生最重要的部分，我家庭观念比较重，辞职不一定不好，现在我和他一起学生命教育，也会陪他参加一些比赛和讲课。

认识他以后才知道什么是生命教育，其实就是人与人的关系，人与他人的关系，人与天的关系，人与地的关系。通过一些体验式活动，唤醒内心最深处最真实的你，不做他人眼中的你，就做原原本本的你。总的还是围绕珍惜生命、减少伤亡，会涉及

· 岩兰花开 ·

医学方面的内容，比如安宁病房的护理，不只关心病人，也关心照顾家属。不只照顾病人到临终，也帮助家属度过悲伤期。不单对身体关照，还延伸到心理关照。不管以后做护理工作还是生命教育设计或演讲，对我都非常有益，这个专业对我很有吸引力。

接触这门课程以后，首先自我反省，把以前的情绪进行梳理，不管是糟糕的，还是阳光的，原谅你恨的人，放下该放下的事，过好当下。曾经一件事压抑了我很久，一个关系很好的姐姐，因为一些事好几年中断了联系，斟酌良久，给她写了一封电子邮件，后来又成为朋友，这件事感动得我泪流满面。

这几年跟他一起学习，成长很快，世事无常，没有什么比开心地活着、健康地生活更重要。今年一个朋友车祸去世，中午还一起吃饭，下午就不在了，一个月心里都难受。灾难有两种，一种是可控的，一种是不可控的，减少可控灾难的发生概率，正确面对不可控的灾难，重要的是做一个善良的人。

我们俩的理想大致相同，在成都或者周边有个小院子，书架上有书，桌案上有书法，茶几上有茶，每天打理花草，照顾孩子，和他一起为企业和学校策划设计一些体验课程，他会加入游泳元素，家长愿意让他带孩子游泳。茶舍、书舍收费，举行读书分享会、朗诵会、育儿心得会、小型演讲，这是我们的理想生活。

我了解他，他是一个心怀大爱的人，对社会的付出、国家的付出比例会重一些，赚钱其次。目前我们生活得很幸福，感谢社会各界的关心，也请大家放心。

学者己见

徐平，1962 年出生于汶川县，回族。中共中央党校文史部教授，中央民族大学民族学与社会学学院兼职教授。

傅春胜，1972 出生，中科博爱（北京）心理医学研究院院长，中国心理学会青年工作委员会委员，中科院心理所心理援助北川站副站长。

张炯理，1981 年出生，中国民航飞行学院助理研究员。

徐平说：

汶川大地震几乎波及全国，三条大断裂呈放射状对周围九省区市形成巨大的人员伤亡和财产损失，造成近 7 万人遇难，近 2 万人失踪，37 万多人受伤，直接经济损失达数千亿元，是中华人民共和国成立以来破坏力最大的地震，也是唐山大地震后伤亡最严重的地震。

· 岩兰花开 ·

从川西平原的都江堰市出发，沿岷江河谷上行，山势越来越险峻，地势逐渐演变为相对平缓的高原。这里气候干旱，高山峡谷中仅有的冲积台地形成了村落城镇。地震前此处的羌族人口约30万人，地震死亡3万多人，对有些羌寨来说是毁灭性的。《说文解字》说羌字从羊从人，羌族是中国古老的民族之一，著名学者费孝通称之为向外输血的民族。古代羌族人在不断游牧和征战中，人口锐减，坚韧成为凝固在血液中的品质。广大民众在这片贫瘠的土地上辛勤劳作，形成了农业为主，牧业为辅，农闲外出打工相结合的生存方式。

当安居问题解决以后，乐业成为更加艰巨的任务，重建道路艰难而漫长。

羌地本来人多地少，地震和灾后重建又带来大面积土地减少，山地农耕基础越发动摇。从游牧走向山地农耕的古老羌族，不仅面临着灾后重建的任务，更面临着市场经济环境下的文明转型。地震和重建不仅掏光了一些老百姓的家底，还使很多家庭债台高筑。

灾后重建的县城和小镇变成了巨大的城市花园，在夜色灯光装扮下，美轮美奂，生态景点游人如织，连父亲长眠的公墓都得到精心修复。2018年2月12日，习近平总书记到映秀镇考察，掀起了又一轮关注震区的热潮。

对口援助，已经成为中国特色应急救灾扶贫助困的特有模式，发挥着越来越重要的作用。经国务院批准，自2009年起，每年5月12日为全国防灾减灾日。回到博士论文调查点的羌村，过去只有20多户人家，现在变成了大村庄，许多高山村寨的人灾后搬到了这里。当年村里的小孩子，带着他们的孩子开着私家车，住进了新楼房。大地震带来大破坏，大破坏带来大建设，大建设带来大发展，故乡已经今非昔比。

傅春胜说：

要建立一个稳定的社会治愈系统才能达到修复目的。这个系统主要有三个方面：给予其稳定的生活保障；给予其足够的情感支持；给予其稳定的就业，让其感受到自身的价值。

重大灾难来临，首先是价值观的崩塌，自尊感下降，安全感下降，这会影响成人对事物的重新判断，对人际关系的重新判断，必须重塑信念，也就是价值观。价值观的形成第一是受个体文化的影响，即个体人格成长；第二是受家庭的影响，第三是受环境的影响，第四是受当地文化系统的影响。

10年过去了，震后大部分经历者挺了过来，但在心理创伤这一块多多少少还是存在的，说完全没有，完全过去了，不太现实。北川的丧子妈妈杨姐，性格开朗，为人热情，经常给人做媒，在同龄创伤者中，算比较好的。但她仍有慢性PTSD症状，比如对后来认养女儿的教育上，会不自觉地与逝去的女儿做比较，过去的场景不时"闪回"。尽管如此，与当年相比好了很多，她能够积极面对生活和未来，而很多人心态远没有她好。

· 岩兰花开 ·

哀伤分级别，程度不一样。不同年龄段的人群哀伤处理方法不同，临床表现不一样，创伤根据人格基础出发，接受的修复能力不一样，有人断一根手指头会自杀，有人家里死十几口人照样活下来。有人遇到重大事件会义愤填膺，有人则认为和自己没有关系。

12 岁以下的儿童，创伤以躯体化的形式出现，表现为半夜惊醒，尿床，听到声音就哭。年轻创伤者，即 12—30 岁青少年，人格体验比较突出，表现为愤怒、暴躁、发脾气、指责人、做事不会专注，会出现性乱，性生活肆无忌惮。高中生、大学生、职工等地震伤员，心理恢复期比较长，平均要经历半年时间，比小学生长一些，一旦恢复保持性较好。老年人的创伤更多偏向压抑、孤独、内疚，不轻易表达。

地震后重组家庭特别多，半年后又分开的也有，因为整个价值观重建，能接收到同质类人群内心深处的声音，希望相互搀扶，在一起才有安全感。追求安全感，追求价值感，必须找到同质类人群。高中的丧子妈妈们在一起，小学的丧子妈妈们在一起，幼儿园的丧子妈妈们在一起。语言是一样的，语境是一样的，哀伤的处理方法是一样的，表达是安全的，互相听得懂。

心理援助相当于行医，普通人心理创伤后没有能力治疗，所以需要心理援助。心理援助包括心理健康教育、科普宣传，让更多人知道心理创伤的正常表现。

这场灾难，最有资格说感同身受的是唐山人，唐山在 8 天内累计向灾区捐款 1.1 亿元，还在第一时间派出救援队，数千人要求对地震孤儿进行认养，表现出强烈的利他动机。"唐山十三农民"感动了无数人。这种利他行为本身能够对自我心理起到补偿和治疗作用。

有专家认为，危机干预的重点人群应锁定在干部、教师、伤残者、丧亲者身上，有一定道理。

在实际调查中发现，干部的心理状况与工作负荷有密切关系。地震刚发生时，事务繁杂，一个镇曾有过一天接收 50 多份文件的记录，这些文件大都是要各类统计数目，还必须在规定时间内上交，催得很急。遇难者的户口要注销，有的干部家人活不见人死不见尸，如果不销户口就拿不到补助，办事员有的也家破人亡。在这种状态下，悲伤、烦躁、不安、紧张使得相当一部分干部像上紧的发条，片刻不得休息。北川县民政局局长王洪发失去 15 位亲人后，仍坚持在一线工作，忙得连哭的时间都没有，被人称赞坚强的同时，也在忍受巨大的心理压力和精神折磨。个别干部自杀之后，引起各界对干部群体的广泛关注。

为人师表的教师，大多压抑着悲痛，以积极阳光的面貌出现在学生面前。而这背后，是强忍的泪水和痛苦。他们同样思念亲人，同样为失去财产欲哭无泪。一位重伤教师，经常在深夜拨打遇难丈夫的电话，地震后半年没有告诉女儿爸爸离去的实情，不愿意一个人坐着轮椅上街，一直到 2009 年春节过后，才第一次有勇气到公墓祭奠丈夫。

·岩兰花开·

张炯理说：

中国是个自然灾害频发的国家，地震尤其频繁，只20世纪6.8级以上地震就有10次之多，造成了重大人员伤亡和财产损失。夜晚发生的灾难对于人的心理伤害要大于白天。汶川地震的时候，本人正在华南师范大学读教育心理学硕士，去四川其实是自我救赎——既然知道了，一定要做些什么。震后第5天即5月17日，国务院宣布每天给每位灾民发放1斤粮、10元钱，连续3个月，之后对三孤人员发放生活补贴。在伤残人员安置方面，政府把救人放在首位，由于四川省人民医院和华西医院等容量有限，一些重症患者通过乘飞机、火车转运到外地治疗，得到了精心照顾，最大程度地保障了生命安全。

到都江堰以后，最先接触到黄莉的儿子，当时他9岁，无法接受母亲的惨状，通过心理干预，情况较为乐观。之后持续关注黄莉一家11年，这种经历是一次灵魂洗礼，灾难使人勇敢，也让我知道世界上究竟什么最重要，是真情和亲情，要为值得爱的人去爱。我当然不是现在才知道的，但这次灾难让我加深了这种认识。

地震改变了我的人生轨迹，读大学以前没有离开过河南农村，在广州读的硕士，在四川做志愿者的时候认识了现在的妻子，毕业后入川工作，一家三口非常幸福，和黄莉这样的地震伤员友好相处，并对他们进行心理追踪。

　　11 年的经验告诉我，做心理援助前，不如先做志愿者，与他们慢慢交往，以朋友相待，逐渐换来对方的信任，悠缓融入对方的生活，深切体会到对方的痛，找到对方真正所需要的以及自己所欠缺的，才真正明白心理救援不是单向的施予，不是调查，不是研究，而是一种陪伴、信任、理解与认同。

映秀航标

2008 年 6 月 1 日上午，我在都江堰市灾民临时安置点，参加了少先队员"我们和爱在一起"抗震救灾主题队会。一个班 34 名来自 8 所不同学校的学生，在舞台上高声朗诵：什么风雨都会过去，什么困难都会过去，相信我们的都江堰会更美好，成都会更美好，四川会更美好。准备着，时刻准备着，为共产主义事业而奋斗。

活动结束，冒着余震不断的危险，我从都江堰赶到映秀。记得乘坐的是押运物资的大卡车，隧道相对安全，但漆黑一片，全凭车灯照明。进入隧道和出隧道的时候，常常得快速行驶或戛然而止，因为隧道口上方总是噼里啪啦滑落泥土石块。横跨紫坪铺水库中间的公路大桥，还没有通车就被震垮了，绕道比较远。路上救护车、救灾物资车、军车、道路抢修车，各种车辆将残破的道路挤得更加难行。

还没有从震惊中回过神，我就被拽进帐篷给学生上课。说是学校，实际上是把孩子看管好，随便讲点什么，好让家长收拾灾后的烂摊子。学生一共十多个，小学生高中生都有，鹅黄色的课桌和小靠背椅，是志愿者从几十米开外的漩口中学废墟中扒拉出来的，不大的黑板和黑板后面钉在草绿色帐篷上的五星红旗，也是从歪斜的教室里找的。一个6岁的女孩子总是低着头，一只手扣着伤疤清晰的膝盖，暗红色的连衣小裙子非常贴身。下课后她告诉我，妹妹在幼儿园没有了，一个阿姨找到了自己的女儿，妈妈看见以后就说不找了，再也不找了。早晨妈妈和她在岷江边给妹妹烧了纸钱，还烧了一条新裙子和棒棒糖，棒棒糖好久才烧化。一个9岁的马姓男孩，讲他从二楼教室跳到操场的情景时面带笑容，还说把小一岁的堂弟抱在怀里，偎偎在升国旗的旗杆子底下。

安徽省临泉县一位叫侯现中的志愿者，50多岁，每天背个绿色喷雾器，给帐篷、废墟、厕所定时喷洒消毒液，雕塑一般古铜色的脸庞，在烈日下更加油亮。

他是5月21日到映秀的，在家乡，他是一位乡村牙科医生，到灾区后希望发挥自己的一技之长，结果发现这里更需要骨科大夫，牙科医生没有用武之地。部队主要抢救生还者，他则主要寻找尸体，很多尸体上还压着石块砖头，面部被尘土掩埋。他觉得应该让亡者干干净净地离开这个世界，便把找到的尸体上的石头砖块扒拉开，把面部的尘土尽量清理干净，再把尸体从危楼下的废墟里转移到宽敞的地方。在搬运一位十一二岁的女孩时，发现女孩的面部很平静，双目紧闭，没有一点痛苦的样子，脖子上

· 岩兰花开 ·

的红领巾干净鲜艳。女孩的右手半握着一支彩笔，他把彩笔收起来，消毒后装进自己的衣服口袋里。他递给我看，是一支一拃长的鹅黄色彩笔，笔管顶上有小动物的图案。

22日上午，吊车把学校楼道的水泥板、水泥柱和横梁吊起来，被压数日的尸体立即腾起阵阵白烟，有的尸体头盖骨、牙齿和嘴巴严重变形，他和施工人员劝家属不要走近尸体并赶紧往尸骨上喷洒消毒液。他说他为死者所做的一切，只有一个目的，就是让亲人在清明节有个烧纸焚香的地方，知道自己的亲人死在哪里。

抗震救灾逐渐从抢救幸存者转入防疫阶段，他就背起喷雾器，到处喷洒消毒液，两小时喷洒一次。有人劝他少喷点，这里缺水。他说别的东西都可以少，消毒液不能少，消毒不光对人、废墟、厕所，还针对狗、鸟、鸡、蚊虫、苍蝇等，有时候碰着刚死的狗，血迹满地，很容易招惹苍蝇，他就立即撒上消毒粉。实在忍受不住尸体腐味，就在口罩上喷些白酒。再后来，每个工作点和营地都有了自己的消毒员，他就固定在志愿者营地，每天给进进出出的人消毒。他是所有志愿者中唯一用盆吃饭的人，每顿都盛满满一大盆南瓜稀饭或面糊糊。我对他说，蒸了馒头你就可以用碗吃饭了，他说，十多天来，从来没有吃过干米饭，更没有馒头，大肉也很少吃，有稀饭和面糊糊吃已经不错了。我给了他一袋饼干，他说不能在人多的地方吃，让人看见了不好。

次日清晨还在沉睡中，小黄跑进女士帐篷，趴在我耳边说，杜姐给点卫生纸。迷糊中递给他卷纸，感觉有些潮湿，估计是帐篷内温度高，纸在草地上受了潮。志愿者的厕所在五十米开外的地方，一个坑，上面有一顶蓝色帆布帐篷，入口处挂一个硬纸板，纸板一面写着"有人"两个字，人进去前把纸板翻到"有人"的一面，出来了翻到无字的一面，男女混用。我一般会去一里开外的厕所，是战士用彩条布围的，大坑上面搭有木板，门口的男女二字非常醒目。一位总是背着小包的女灾民提醒我，蹲的时间不要太长，头一天就有人烧烂了裤子和屁股，消毒粉撒得太多腐蚀性太大，不多撒又除不了臭味杀不了毒。为了少进厕所，我尽量少喝水，但太阳似乎非常眷顾映秀，眼睛一睁开朝霞就满天，身体需求水分和心理上抗拒喝水，常常使我难以取舍。除开睡觉不戴口罩，其他时间都戴着，不管多么炎热和疲惫。

小黄让我跟他们帐篷一位志愿者说说话，说那人不知道什么原因，住在一起三天了，表情痴呆，反应麻木，只干活不说话，问他什么理也不理，肯定心理出了问题。趁大家到山里送粮食的时候，我跟那位小伙子在热浪鼓胀的帐篷里坐了许久，直升机轰鸣着，一会飞走了，一会飞来了，有忙着运送药品粮食的，也有寻找失事飞机的。

嘴皮都说干了，他才跟我说，大姐，这么多天来，我不想说话，十几家电视台报社的记者找到我，问我救人的事，我说不知道，问我叫啥名字，我也说不知道。我不想说，一句话都不想对他们说。我是福建人，在福州工作，搞网络管理。从福州到都江

· 岩兰花开 ·

堰看一个网友，算是异性哥们儿，她在都江堰市一家银行工作。地震的时候，我在中巴车上，司机说爆胎了，让大家下车。下车后发现汽车、地面、树木都在摇晃，然后就看见房屋在倒塌，当知道教学楼倒塌了时，赶紧向学校跑去，那时候部队还没有赶到，吊车和挖掘机还没有到现场，全是自发而来的救援者。我跟两个警察合作，用手刨开水泥砖块，一口气救出了十多个活人，抬出了十多具尸体。大姐，你知道吗？救人的感觉真好，真好。

　　他哽咽起来，眼里有了泪花。我向他跟前挪了挪，坐得离他更近些，我拍了一下他的手背，递给他一片纸巾。他接过纸巾，并不拭泪，抽了一下鼻子，继续讲述：当我把一个女生救出来时，她的父母给我下跪，我受不了那种场面，哭声震天，撕心裂肺的那种哭，长这么大，从来没有听见过那种哭声，我好害怕，害怕极了，但我还得继续救人，不能后退。女生的父亲见我的白短袖变成了血衣，把自己的外套脱下来送给我。第二天清早赶到城里，部队正在银行救人，他们不让我进去，过了大约一个小时，我的朋友被抬了出来，却是一具尸体。看见她的时候，我一滴眼泪都没有，与3个网友一起，给她送了葬，尸体都是火化，有专人统一安排，在那里我也没什么事干，就从水路赶到映秀。来映秀的时候身上带了600元现金，在路上捐给了一位老人，所幸我还有银行卡，用的时候可以取。一到映秀，又忙起来了，救人，抬尸体，这几天给山上的灾民送粮食送药品，明天我还想上山送粮，他们不让我去，让我做卫生监督员，打扫卫生，捡拾垃圾。

我说，那你愿意干这些活吗？

他笑着说，愿意，不管干什么都愿意，我想在映秀长期待下去，直到这里不需要我为止……

当天晚上，小黄高兴地对我说，杜姐你是怎么让他说话的，他能说话了，太好了。今天一个村民大姐扭捏了好一会，才说能不能给她们送点卫生巾，他在救灾物资供应点翻找了好一阵，找到满满一筐子，明天给她们送去。

6月13日，我在广元一家宾馆的5楼写稿，一楼玻璃上刷有红色"危房"字样，但还在营业。凌晨3点开始工作，到上午10点感觉四肢无力，赶紧给前台打电话，服务员打不开我的房门，才想起门是反锁的，扶着墙壁打开门后，倒在床上就起不来了。他们发现搀扶我很困难，便打了120。挂了4瓶液体后体力稍微恢复，发现墙壁有曲里拐弯的裂缝，从地面一直蜿蜒到房顶，便问这是哪里，护士说是广元市第二人民医院。两位穿制服戴口罩的男人非常严肃地问我，以前患过什么病，邻居有没有传染病，在青川接触过什么病人，头一天吃了什么。我被问得一头雾水，才注意到他们胸前的牌子，疾控中心。

医生一再要求我住院，我谢绝了，知道我是志愿者，减免了一些费用，次日输完液，一位实习护士扶我到大门口帮忙拦出租车。一辆出租车本来已经停了下来，看见我耷拉着头，光着脚丫子站在烈日下，一踩油门快速离开。我便躲在护士身后，等她

·岩兰花开·

拦好车赶紧坐上去，刚开出一会，司机哎哟了一声，犹犹豫豫地说，那里好像不是精神病院啊。

我惊愕地望着他，没有言语。他又自言自语地说，怎么连鞋和袜子都不穿啊？

我说，我忘记了，他们好像也忘了。

司机笑了笑，不再搭理我。

回到宾馆，接到贵州志愿者小唐的电话，说他已经回老家了，给我报个平安。他听我声音虚弱，便问我身体是不是不好。

不一会，两个更加年轻的小伙子敲门进来，给我送来香蕉和荔枝，说在QQ群里知道我生病了，就来看望我。我想，一定是小唐发布的消息，我不知道他的全名，也没有任何联系方式。上百万我们这样的人，都没有留下具体的名和姓，但我们拥有同一个名字，志愿者。

在我当志愿者的29天时间里，几乎每天都与志愿者打交道，唯一保持联系的是肖琳。

肖琳当时刚从成都一所大学毕业，学的好像是新闻传播专业，因为地震，还没来得及举行毕业典礼，师生们就纷纷奔赴救灾一线。我们在北川的擂鼓镇相识，有一辆车要去绵阳，就搭乘同一辆车到了九州体育馆。这里依然聚集着众多灾民，各国各地援助人员也很多，绿帐篷白帐篷黄帐篷随处都是，栏杆上拉绳上晾晒的衣服床单蔚为壮观。体育馆入口处的广告牌上，张贴着大小不一的寻人启事，几百上千张的寻人启事，风一吹，雪花般飘弋。有人在这里找到了家人，有人吃上了热乎的饭菜，有人得到救治，这家能容纳上万人的体育馆里，一时被称作"诺亚方舟"。

在一顶足有小教室大小的日本援助的白色帐篷里，有许多小学生的彩色图画，学生不知去向，肖琳笑眯眯地进来，手里捧着三只粽子，说是一位灾民大姐给他的。我俩一边吃一边念叨，好像要过端午节了。他说绵阳的志愿者太多了，咱们到江油吧，他是江油人，做事也方便。又搭了车一路北上到了江油，我们在帐篷学校当起了临时老师。三米高的李白石头塑像齐脖子被震断，帐篷的一根拉绳就拴在李白的幞头上。

2009 年春节前，再次到了江油，第一次游览李白故居，给肖琳打去电话，他已经在北川的陈家坝乡当了大学生村官。我去了他那里，所有人住在板房里，还是架子床，房子不隔音，也无厕所，凌晨时分被冻醒，凉水洗脸的时候，暗自思忖，以后再也不自找苦吃了。当年端午节时，接到肖琳的电话，他说吃粽子的时候就想起杜姐，以后每年吃粽子的时候都要给我打电话。

果然，每年吃粽子的时候就接到他的电话，2018 年端午节的时候，已经是陈家坝镇党委副书记的他，专程赶到北川县城请我吃饭，粽子首当其冲。他说马上要去凉山彝族自治州搞扶贫工作，要去 3 年，后来知道他去了木里藏族自治县，镇子离县城 3 小时车程，县城离西昌 5 小时车程。

2019 年春天木里发生森林火灾，知道消息后赶快打他电话，打了三四次才打通，他说山太大了，信号不好。听到他声音，就

·岩兰花开·

踏实了。端午节的时候，接到他电话，说木里的工作比陈家坝的工作难度大，通村公路刚修好，离城市远，闲暇时间比较多，准备写点东西，我建议他写"凉山扶贫记"，然后说该成家了吧，30多岁了。他说女方要10万元彩礼，还在犹豫中，自己每月4000多元工资，全投到房子上了。镇上每天傍晚跳锅庄，他要去组织哩，下次再聊。

时间回到2018年5月底，一次又一次从似曾相识的映秀走过，依然会习惯性地望一眼曾经的灯光，那里已经草木葱茏，与山峦田垄融为一体。

在震中标志巨石附近，与一位年轻女士搭讪，刚会走路的孩子在我俩之间跌跌撞撞，她没有邀请我进家门，只好坐在门前湿漉漉的青石板上没话找话地套近乎，掏出手机给她看10年前的照片，她认出了帐篷学校的马姓男孩，说好巧啊，小马和她老公一起在开挖掘机哩，晚上跟老公要小马的手机号码，告诉他你来映秀了，让他去看你。

我说随缘吧，此后再无下文。

所以，再次踏上熟悉又陌生的震区，不会有意找寻从前的战友和熟人。人世间的相识和分离是一种缘，给予和被给予也是一种缘，不存在谁欠谁的，没有高低贵贱之分。我的志愿者经历，就是我与这个世界所结的缘。

冰山中的光亮

都江堰的栀子花分外幽香，一位写过震后宝宝的女作家真诚地对我说，你到北川以后不要问东问西，北川是一个碰不得的地方。然后说有句话只能用四川话说，普通话说不出那种味道并补充是来自一位家庭主妇打给丈夫的电话，"快回家哟，你娃儿和我娃儿，和别个的娃儿，一起把我们的娃儿打了"。

到北川以后严格遵循她的指导，果真不敢像以往见到面善不会拒绝的人，就说可不可以坐一会。碰见牵狗的人，明明不喜欢狗，还要赞美狗的小裙子艳丽，聊狗是听方言呢还是听普通话，吃米饭面条呢还是吃网上买的狗粮。话题也就潺潺而生，水到渠成。可我像戴着镣铐跳舞，浑身哪都不对劲，不舒服也得忍着，一方面的确不能揭人伤疤，一方面怕万一跟人发生不愉快，挨打受伤拍了视频发到网上，得不偿失，不给亲人添麻烦就是最好的活着，名誉和金钱是一个人的羽毛，不能干赔了我又折羽毛的事。

星光并不灿烂的一个傍晚，采访完一位单腿截肢的女士，站

·岩兰花开·

在街边打出租车，过了一会觉得奇怪，宽宽的街道香樟婆娑，兰蕙飘香，路灯通明，似乎缺少什么，缺什么呢，一时半会想不明白，掏出手机看了一下时间，九点半。软风轻抚，街道笔直，站在整齐的冬青旁边，一直站着，时不时举起右手。没有出租车，没有行人，连大货车、洒水车、拾荒者、流浪者都没有，甚至连街边的店铺房屋都影影绰绰，沉陷在寥落的夜色里。

我听到了车轮声，来自地表的远方，极目远眺，除过灯光还是灯光，直到望不到的尽头，灯光因为落寞更加落寞，无意间看到自己晚枫般的五指，滑稽之感油然而生，仿佛面对一场没有对象的热恋，没有敌人的战争。

更与何人说，是的，就在那一刻，好想有人跟我说话，哪怕来自遥远的月球，寂静原来如此可怕。

无望，空寂，我采访过的众多地震伤残人员和重创家庭，不就是这种状态吗？

  在废墟的夹缝中苦苦等了两天两夜，我根据隐约有人喊叫判断是白天，大段大段的安静判断是夜晚，一直不敢合眼，怕一旦闭上眼睛就永远醒不来……

  轮椅所能到达的地方，就是我的远方，老公每天看见我一成不变的苦瓜脸，从相爱，同情，到外出打工，到消失得无影无踪，活着就是遭罪，希望在哪里……

  儿子不在了，我和丈夫连走路都困难，更不用说再

生育了，如果有一只好脚该多好呀，后面的日子不知道
是一大片，还是小小一段，睁开眼睛就起床，合上眼睛
就困觉，不想，啥也不想，不知道啥是希望……

　　双腿高位截瘫，10年中没有一天不痛的，还得活下
去噢，如果不好好活着，就对不起救过我的人，对不起
政府花在我身上的钱，也对不起老公和儿子，我快快乐
乐地活着，儿子就健康阳光地成长，没有比这更幸福的
事了，这就是我活下去的动力……

　　是啊，希望，人都是为希望而活着，没有热情的行为，好比
机器人进餐，没有目的的行走，永远抵达不了尽头，希望一旦消
失，如同行尸走肉。我此次千里迢迢翻山越岭独自采访，阻力重
重甘苦自知，目的何在?

　　风儿渐渐凉薄，四野空阔无边，冬青中扑腾一声，惊得我跳
了起来，躲闪到更加悄然的光影中。手怎么又举了起来，明明是
没有车的，平坦的大道，没有车辆行驶。哦，这大概就是我再次
重返震区采访的全部意义吧，是我义无反顾，穿梭于无望与空寂
中的宏大目的吧。在无望中寻求希望，在空寂中期待繁华，在喧
哗中记录真实，在焦虑中力求笃定。捕捉人性苔藓上露珠闪耀的
点点光亮，书写人类灾难史的冰山一角。

　　冰山中也有光亮，也有璀璨的明珠，黄莉就是这样的精灵。

　　在我此行采访的五六十位伤残人员中，黄莉夫妇和代国宏夫

·岩兰花开·

妇，无疑是最耀眼的星辰。

电话中我对黄莉说，想跟您一起工作一天，她答应得非常爽快，末了告诉我从哪里乘几路车。心想她一定经常乘坐公交车，见面以后才发现，她怎么能出行乘车呢。后来她丈夫邓泽宏告诉我，他们偶尔会乘公交车并说哪一路车有无障碍脚踏板，哪个景点有无障碍公厕，并且建议有关部门增加无障碍设施。

尽管事先知道黄莉残疾，第一眼还是吃惊不小，她坐在轮椅上，三肢全无，只剩右手，手上握一个苹果手机，笑呵呵地跟我打招呼，我随意地坐在她身边，有种见到熟人的感觉，一位中年男士笑着点头，她介绍是邓哥，她丈夫。一位单臂女士低头在电脑上打字，一位面容蜡黄的中年男人挂着双拐，拿着一个白色瓷碗缓步走过。房间临街，有一间教室大，除过办公桌、圈椅和简易沙发，半间屋全是木柜，柜子上摆着羌绣、抱枕、十字绣等，说是残友的作品，帮忙展示出售。

聊了一会，她就仰面躺下，屁股在轮椅上，头在沙发上，说这样会舒服一点。大约5分钟以后，一位足有1.8米高的中年男人走了进来，张口就说，黄姐，帮我找个工作。

我以为听错了，睁大眼睛看一眼男人，又看一眼黄莉。黄莉语气平和地问，会不会打字，家住哪个社区，有什么特长。男人说自己1971年出生，当过4年兵，复原后进了一个厂子当钳工，后来买断工龄，离婚以后，女儿断给了妻子，心情不好，经常喝醉酒，前几年患了痛风，手指关节变粗，没办法干体力活，当过一段时间城管，只会在电脑上打游戏，其他都不会。

黄莉说，既然单身一人，可以到成都当保安，一个月两千多元收入。男人依旧站着，点头看着黄莉。黄莉举起手机给两个人语音留言，一位女士立即打来电话，问了一下大致情况，让他周末到酒店面试。黄莉告诉他，面试的时候尽量别说自己不会这不会那，多说自己能干啥。

男人说，记住了，坐啥子车去呀。邓泽宏说，从都江堰汽车站坐大巴车到成都茶店子车站，再乘几路地铁，到××转车。黄莉举着手机说，你看你看，手机上能搜到线路，你把手机拿出来，我给你说咋走。

男人离开以后，我问黄莉，你们经常帮这些人吗，看起来他很健康的。黄莉说，好多人看起来健康，心理其实很脆弱，因为没有人指导和带动，长期跟社会不来往，就落伍了。能伸出援手的大部分是福利机构和残友，大家有共同经历，能感同身受，相互体恤，时间久了就形成一个良性朋友圈，都江堰和成都许多爱心人士经常帮助我们，也会聚会、讲课、研讨，经历过大灾又得到过帮助的人乐善好施，不太计较个人得失，见面不会称呼老总、董事长，大家都很平等，我还叫丈夫邓哥呢。说完后呵呵笑起来。

话音刚落，络绎来了七八位年轻妈妈，又进来一位气质优雅的中年女士，一进门就叫黄姐邓哥。大家围圈而坐，黄莉滑着轮椅加入其中。有人拿出《弟子规》，有人拿出《千家诗》，这个说

·岩兰花开·

儿子最近礼貌多了，那个说女儿贪玩，做题慌张。中年女士说，要想让孩子优秀，自己先得优秀，建议学国学，仁义礼智信什么时候都不过时，在家和孩子一起学，每周来这里交流一次，分享学习心得，讨论疑难问题……

一个小时以后，妈妈们起身离开，纷纷挥手再见，说做饭时间到了。

有人送来午饭，我们边吃边聊，饭是从特殊学校打来的，学校有一二十位师生，有专门的厨师。后来我去了那所学校，全是智障孩子，小的几岁，大的二十出头。其中一位男生敲门进来，反复问老师，我是不是可以把垃圾拿走，过一会又进来重复同样的话。

聊到了"四点半课堂"，其实就是管理无人接送又早放学的孩子，四川农业大学都江堰校区的学生也参与辅导。一位双腿截瘫的罗姓男老师，面容黯淡，毫无血色，30多岁，每天下午准时来辅导孩子写作业，其余时间在家绣十字绣，妻子在马尔康一个单位上班。有次下课后想跟他多聊一会，他为难地说，马上到小便时间了，得赶回家去，这里的厕所轮椅进不去。然后不好意思地笑一笑，他坐在电动轮椅改装的车上，身后坐着女儿和侄女，一溜烟地走了。记得悄悄地问过他，这么年轻就行动不方便了，妻子对你好吗？他平静地说，还好，女儿很乖。

午饭后黄莉到柜子后面的小床上休息，邓哥便跟我聊起从前。

黄莉1972年出生，成都市人，小时候随父辈到了黑水县，长大后在知木林区医院当过妇产科大夫，后来辞职，夫妻俩开了一家餐馆，在都江堰有一套房子，地震当天原本要回黑水的，就出事了，在废墟中被埋四天四夜，能听见儿子在外面叫妈妈，获救以后和其他伤员一起，专机送到广州市第一人民医院。截肢以后夫妻两人都很痛苦，丈夫为了鼓励妻子活下去，在墙上贴满9岁儿子的照片并对她说，不管你变成什么样子，我都不会嫌弃你。幸运的是，全国优秀志愿者廖卉及时出现在病房，她是广东省交通运输厅的一名干部，有丰富的心理疏导经验，一下班就来医院，鼓励黄莉参与"赵广军生命热线"工作，电话连线的时候需要记录，黄莉就把电话夹在脖子上，腾出右手写字。出院以后，夫妻俩把"四川黄莉生命热线"带回都江堰。其间，9岁的儿子无法接受母亲肢残，当时正在华南师范大学读教育心理学硕士的张炯理，正好在都江堰进行调研，对孩子关注及时，才及时扭转，孩子目前读大专，非常阳光，经常推着母亲散步，完全能够接受母亲的现状。

回都江堰后，夫妻俩就创办了残疾人爱心服务站，先后帮助了60多个残疾人就业。黄莉在生活中发现，非地震伤员也有各种心理问题，她加入了有100多名成员的震后残疾群，还有40多名成员的脊髓损伤群，因为是将心比心，劝说这类残疾人，难度并不大。她经常半夜接到电话，还得耐心劝解，自贡一位残友，先有身体残疾，又查出了严重的肝病，甚至向她做好了托孤准备，

· 岩兰花开 ·

聊了几次，正常多了。

以前她每年还感冒两三次，现在身体越来越好，右手比我都有力，周围没有谁把她当残疾人，每次打完麻将，大家起身就走，留下她一个人在原地傻乐。她也没有把自己当成残疾人，该干啥干啥。

后来我见到了张炯理，在一个茶馆聊了很久，他老家在河南，也是因为地震，与现在的妻子结缘，目前在四川一所高校当老师。在谈到黄莉现象时，他说，黄莉能够生活得非常幸福，与心理干预和家人关爱有关，夫妻俩经常出双入对，有自己的事业，受人尊重，她获得过"中国好人""四川好人""感动四川十大人物"等荣誉称号，在都江堰无人不知，甚至在整个四川都是名人。两人收入并不高，一个人月收入1800元，一个人月收入1600元，加上每月一级残疾补助400元左右，就是全部收入。他们生活得安然轻松，没有为荣誉所累，把自己当成平常人、普通人，远离浮华，这一点很宝贵。

张炯理又说，黄姐其实有愧疚心理，觉得不能尽妻子的义务，如果邓哥在外面有女人，她也能包容，邓哥好像很正常，正值中年，好不容易噢。我也连连感叹，从他俩的面容看，的确像神仙哩。

在都江堰，还有一位被称为"维纳斯"的仙女，她的名字叫肖凤。

都江堰这座水草丰茂树木葱郁的城市，自然成为岷江上游大山深处千万人向往的乐园，家住汶川县草坡乡的肖凤一家如今就生活在这里，老家的灾后重建安置房则闲置着。

我是从汶川县残联找到肖凤电话的，他们给了我十多人的联系方式，愿意接受采访的只有两三个人，肖凤是其中之一。定好茶室，约她见面，她问丈夫能不能一起去。

我稍稍愣了一下，赶忙说，好啊，好啊，一起来吧。心想，她是不是坐轮椅，需要丈夫陪伴。其实我更愿意单独见人，经验告诉我，只要旁边有其他人，哪怕最亲近的家人朋友，都不会畅所欲言，假话套话连篇。对方如此要求，只能客随主便。

见到她夫妻俩，才恍然大悟，原来丈夫需要她关照哩。两人笑得很灿烂，没有一丝一毫痛苦表情。灾难降临的时候，她26岁，右臂截肢，女儿2岁，丈夫在开货车。2012年丈夫出车祸，一条腿截肢，一条腿粉碎性骨折，截肢装了假肢。

肖凤的包包挎在左肩上，左手写字，左手画眉，左手用手机，她说自己做保险，在公司是优秀员工，每年被奖励外出旅行。一边说一边给我看手机里的业绩记录，上一年收入十万元以上，扣除各项费用净赚十万元，在都江堰买了房子。残疾人免费乘公交车，都江堰的公交车司机都熟悉她，有时候会等她一两分钟，见到她会跟她打趣，维纳斯来啦，欢迎维纳斯。经黄莉介绍，丈夫在一个公园上班，修剪花草，铲铲"牛皮癣"，一个月有两千多元收入。女儿活泼懂事，经常帮她扎头发，不过自己常年剪成齐耳短发。她建议我这本书叫"重生"。还向我推荐哪家理

·岩兰花开·

发店价钱合理，如果我去洗头染发，她帮联系，打折比较多。后来我果真去了那家理发店，店主对肖凤大加赞赏。

相比之下，她丈夫言语少一点，表情愉悦随和。

末了她问我来四川采访食宿车费谁出，我说这是自己愿意写的作品，属于自我行为，费用自理。她说那一定要感谢你，要请你吃饭。她丈夫也笑着说，让她请客，让她请客。点菜的时候她丈夫坚持要一份虎皮辣椒，她反对无效，便遂了他愿。

分手的时候，她给我指了回宾馆的路，走出不远，回头再看，两人正在过马路，她亭亭玉立，左肩的包包晃来荡去，右侧走着她丈夫，一瘸一拐，感觉有些不协调，又万分协调。

董小红，也住在都江堰，出生于 1964 年的她，原本在映秀小学当老师，救出来以后到厦门住院，开始几年还坐轮椅、拄拐杖，这几年能走路了。人生第一次乘飞机，人生第一次坐轮椅，人生第一次去北京，都发生在地震后。尽管躺在飞机上，舷窗外的碧空万里洁白云朵依然令她激动不已。由于先后做了七八次手术，包括一次植皮手术，用了许多麻药，听力和视力都受影响，所以侄女陪她一起来的。17 岁的侄女当时上一年级，房子垮塌的时候，老师牵着她跑了出去，身心没有受到影响。董小红儿子高考受到影响，只读了个大专。

她说，按说经历过地震的人不愿意回忆地震，不愿意说与灾害有关的事，但我忘不了救我的人，要知道他们都是冒着生命危险救我的，地震过后两年，姐姐陪我去北京，专门感谢他们，救援队长一个叫刘向阳，一个叫卢杰，还有一个 20 多岁的小伙子，他们陪我去了长城和天安门，我留有他们电话，不管哪里发生灾害，我都捐款，还动员亲戚朋友捐款捐物。我牵挂他们，就发短信让他们注意安全，他们当时不告诉我，过后才说参与过救援。我这 10 年的命是年轻生命救出来的，应该好好活着，这样才对得起他们。

生活中也有不满意的地方，残联如果经常跟我们联系，组织活动，心情会更好一些。灾后建的房子不应该装卷闸门，如果有危险，不方便出逃。但凡有良知的人都应该吸取教训，把所有房子建牢固一些，合理一些，特别是学校。

接触过黄莉、肖凤、董小红等众多走出阴霾的人们，忽然觉得他们是真正的英雄，平民英雄。

董小红的感慨让我回到 2008 年 5 月 21 日那个夜晚，当时在安县秀水镇，晚上 9 点多，我到某部队临时驻地，有的战士还在帮灾民从废墟中寻找户口本、存折、粮食，有的正在吃晚饭。我吃到了他们的热米饭和榨菜，一边吃饭一边望着驻地大门口，希望看到那位佤族战士。战士曾告诉我，是他领着 4 名战士营救的中巴车女售票员。而我后来知道了确切消息，售票员终因失血过多死亡。他们那一组回来以后，蹲在地上围成一圈，就着一盆榨菜吃饭，我问佤族战士，退伍后假如有在长三角或珠三角就业的机会，你愿意选择走出来还是留在家里？他毫不犹豫地说，回家乡，家乡很落后，有文化的人很少，回去后可以干更多的事情，为家乡服务。

最终，我还是把那个消息告诉了他。他像没有听懂一样，一直重复，不会吧，不会吧，她那样坚强，那样乐观，不会死的，不会的。我把一只手放在他肩膀上，认真地对他点头并说，是真的，事情就是这样的。他忽然停了下来，左手端着的碗和右手捏着的筷子同时向下沉去，瞬间又双手抱住不锈钢碗。嘴里依旧重复着，不会吧，生命真的这样脆弱？

天地空阔漆黑，我还是看见了他的泪花，像星星一样，在夜里闪烁。其他战士已经吃完饭离开，盛菜的盆子还在脚边，他把碗放在地上，满满一大碗米饭几乎没动。我劝他吃饭，他说，不吃了，不吃了，吃不下，我们用8个多小时救出她，又从那么陡的山路上用四肢爬行，送出了她，其间还发生了7次大小不同的余震，一刻也不敢耽搁，可是，她真的死了，真的死了。你知道吗？听她说话，就知道她很善良，如果她是一位母亲，肯定会是一位非常有爱心的母亲。

回住处的时候，一位摩托车司机问我是否需要帮助，我再也忍不住强烈的后悔，大声哭泣，一边哭一边说，我不该告诉他那个消息，不该的，我伤害了他，对不起他。

碰不得的北川人

米兰的芳香迎面扑来，空气愈加沁凉，期待愈加坚定。再看时间，已经过了40分钟，初中生的一节课时间，这是与青春有关的联想，对我也是盎然的事业，关乎灾难，过往，空寂，希望。

几分钟以后，上了一辆白色小轿车，我问司机，这里难道不是县城吗？对方偏着头看了我两眼，温和地说，这里是办公区，晚上人更少，只有尔玛小区和禹龙小区人气才旺一点。

巧合的是，次日打车去北川县医院采访，还没有走到车旁边，司机伸出头欢快地说，哎呀，又是你。仔细看时，正是昨天晚上载我的那位中年男士。聊天自然要问他家里情况，他说儿子9岁的时候没有出来，现在的儿子也9岁了，天灾人祸，没办法，还得活嘛。

自此，我知道了一个词，"没有出来"，这是北川人对遇难者的专用术语。

从县医院出来，发现门口停了几辆出租车，直接上了一辆女司机的车，她说女儿7岁时没有出来，现在的女儿9岁了。说

·岩兰花开·

完以后没有叹息，没有抱怨。我则狠狠地骂自己，我怎么这么狠毒啊！

从新县城到禹里镇车程近一个小时，不跟司机说话是不可能的，这次我没有主动问来问去，反倒是司机问我是哪里人，到禹里干什么。答复以后，他说哎呀，有件奇怪的事，10年都没有搞明白，你帮忙分析一下到底是咋回事。当时儿子上初中一年级，地震前几天校园里不知从哪里跑来好多小蛇，有的同学绕开走，有的同学吓得叽哩哇啦，一个同学把一条蛇弄死，还把蛇头踩在脚下，教室摇晃的时候他本来已经跑出来了，哪晓得飞来一个砖头，不偏不斜砸在他头上，把脑袋砸成了两半。

我听得毛骨悚然，赶紧切换话题。

既然尔玛小区和禹龙小区人多，便有意往那里走动，采访实在进行不下去，就到小区旁边的菜市场看水灵灵的小葱、艳红的萝卜、皎洁的口蘑，时不时和摊主聊几句。近处有一位推婴儿车的中年妇女，婴儿胖胖嘟嘟特别可人，想问是她女儿还是孙女，后来忍住了。几天前在"中国心妈妈农场"采访，妈妈和孩子们利用周末到这里体验种地采摘的乐趣，老老少少在格桑花、黄瓜花盛开的地垄上拍照嬉笑，中午一起就餐，一共有三桌人，蔬菜因为没打农药味道特别纯正，家长和孩子自己打饭，自己清洗餐盘碗筷，然后归类。边吃饭边跟同桌人聊天，一位生于1972年的女士抹一下额头，让我看她的白头发，白发在染成栗色的卷发中特别显眼，然后用肘碰一碰低头吃饭的女儿，说，出门不好意思说是女儿还是孙女，北川人一般不会细问，如果到成都就有人问。另一位1970年生的女士说，我天天跟着娃儿，上学送放学接，不敢离开娃儿一步，生怕再有闪失，娃儿自立了，估计我也走不动了。

陪同采访的一位老师请我到她家吃饭，小区楼房大多五六层高，每栋楼排列有序，标注清晰，玉兰槐树红杏郁郁葱葱，看得出山东援建是用心的。前面走着两位女士，身姿婀娜，袅袅婷婷，一位穿白色高跟皮凉鞋，黑色软面料阔腿裤，开叉至膝盖，绿色碎花短袖上衣；另一位穿白色碎花连衣裙，高跟镂空黑色凉鞋。老师与她们打了招呼，两人粉黛优雅，笑容满面。转过一个弯，她告诉我，穿绿色碎花衣服的是幼儿园老师，丈夫遇难，后来重组家庭，穿连衣裙的女士儿子遇难，北川人碰不得，人人一把辛酸泪。吃饭的时候，她紧挨我坐，见我话稠，趴在我耳朵上说，大姑子和那位男士是重组家庭，两人都受过创伤，你别问他们家的事哈。

再次想起那位女作家的告诫，阵阵心酸，现实真的比想象残酷，避之不及，防不胜防。

一天上午在禹龙小区闲走，希望碰上能采访的人，瞅了许久不见一个人，坐在木亭子里观望，水杉挺拔，芙蓉正艳，桃子尖儿已经泛红，合欢在晨风中微微点头。两位女士走了过来，一位手里拎着蔬菜，就问豆角多少钱一斤，两位侧过脸，并不惊诧，一位说两块五。我说你们这里的物价很便宜哦。意思表明自

· 岩兰花开 ·

己是外地人，希望她回问我几句，可她们没有搭理我，一转身离开了。

我只有迎着一位老太婆微笑，她问我是哪里人，我说陕西的。她说，噢，这么远来干啥，我说想了解5·12的一些事情。她站住，右手拍着左手拎的小塑料袋，说，机器压的面条，今天女儿下乡扶贫去了，女婿中午不在家吃饭，我和孙子吃米饭，老头爱吃面，给他一个人买的。我们家三兄妹，我是老大，一个弟弟一个妹妹，弟弟的一个儿子没有了，妹妹的一个女儿没有了，前几年还难受，现在想开了。我1949年出生，正赶上实行独生子女政策，只有一个女儿，我们老两口跟女儿住，女儿运气好，地震的时候在乡下，离她半米远的同事都没有出来。我们家算好的，有一个熟人一双儿女都没有了，只剩老两口。另一对老人，儿子媳妇都没有了，只剩一个孙子，有个孙子好噢，有个孙子就有指望，想不开没法呀，还得生活嘛。我孙子在北川中学读书，今天大考，初中升高中考试。

老人边说边呵呵笑着，牙齿整齐洁白，看不出是假牙。我说是中考。她说，是哦，中考。

我问她哪里有卖长筒袜子的商店，她指着不远处的小区大门说，那里有个商店，你去看看。我挥挥手，说，阿姨谢谢您，祝您长命百岁。

她走出几步，又折回身说，我有个表弟在陕西，我舅舅的儿子，表弟媳妇好像在咸阳妇联工作，娃儿在陕西财经学院上班。

我说可能是西安财经学院吧，现在叫大学。她说可能是，地震以前我们经常写信打电话，舅舅和表弟两口子还来家里玩过几次，地震后再没联系了。

我惊讶地问，为什么不联系呢？

她眼神中的喜悦快速退去，只说，地震啥都没有了，电话号码也没有了。

我问，他们没有主动联系你们吗？

她说，我们自己慢慢会好起来，不联系没啥，不要哪个帮助，噢，你去，商店就在那边。

望着老人的背影，生出无限感慨，哪种情绪在前，哪种情绪在后，估计谁也排不出顺序来。

无独有偶，映秀镇一位老人的经历和她相似。

老人姓杨，1957年出生，我和她坐在哗哗流淌的渔子溪边，温暖的阳光洒在脸上，惬意和煦，如果不是溪对岸漩口中学地震遗址博物馆里一览无余的破败，真的是一个适合人居的地方，干净整洁，不冷不热，悠闲散淡。

地震中她一只脚被砸断，至今脚踝鼓得老高，感觉像是长了一个肉瘤子，走路一瘸一拐。原本是来采访她丈夫的，丈夫和她同岁，是一位养蜂高手，在映秀蜂农中很有名气，每天早饭后骑着摩托车进山，中午在山上自己做一餐饭，傍晚蜜蜂回巢以后，再骑着车回来，这一季山花不采完，就不搬挪蜂箱，最近采的是苜蓿花、杜鹃花、鸢尾花、贴梗海棠等，过一阵他们要把蜂箱运到更深的山里，那里的百合和珙桐花期更晚一些。

她说自己原本姓陈，不清楚自己的出生年月，父亲是一个修公路的技术员，母亲是一个国营理发店的理发师，一家人生活在都江堰，大概4岁的时候，当时在修映秀到卧龙的公路，父亲把她领到工地，寄放在工地附近姓杨的一户农民家，这家夫妻一直没有孩子，对她非常疼爱。不多久，生父来领她的时候，杨家人说她死了。因为这件事，亲生父母矛盾升级，导致离婚，姐姐比她大3岁，判给了母亲。在她七八岁的时候，母亲找到杨家，她发现母亲很瘦，鼻子边有一颗大黑痣，不敢跟她睡觉，也不叫她，也不跟她走，只记得母亲不让她认生父的话。后来既没有父亲的消息，也没有母亲的消息，也没有上学读书。等她1980年生了大女儿，懂得为人母的艰辛，四处打听，竟然联系上了父母，才知道母亲后来开过超市，有了新的家庭，又生了一儿一女。从那以后经常走动，父亲、母亲、姐姐、弟弟、妹妹都来过她家，走的时候带些腊肉木耳，但地震以后再无消息。

她叹一口气，继续说，大概自己搬家了，他们找不到。最大的可能是，后爸和母亲跟儿媳妇关系不好，知道我家地震时肯定遭灾，如果联系上我，怕补贴我们，儿媳妇不高兴，干脆就不找我们，唉，唉……

在北川的每时每刻，我都在捕捉各种信息，寻找更多的聊天对象。

一位老汉坐在公交车站牌候车长条凳上，褐色塑料胶皮凉鞋脱在地上，双手抱膝，一双粗糙的光脚丫跷来跷去。他说自己1948年出生，陈家坝镇的人，有两儿一女。大儿子上过高中，很纯洁，是一个乡的党委书记，有一个女儿，已经15岁了，家安在绵阳，老伴住在大儿子家，照顾孙女。二娃儿从小匪气，学习落伍，在北川给人家修路，2015年结婚，小家安在县城，我最近在二娃儿家里玩，他们上班去了，我闲得没事，坐在这里打发时间。

唉，说起女儿心就跟针扎一样，女儿有心脏病，怀了几个娃儿都流产了，女婿开货车，租房住，终于筹够了30000元钱，准备去成都看病，没想到她打麻将的时候溜下桌子就没了。女婿后来再婚，对方带了一个跟前夫生的女儿，现在读高中，对他也不错。女婿命苦，这个妻子怀了娃儿也没有保住，地震的时候女婿的父亲遇难了，肉都砸成渣渣了，没办法穿寿衣，用白布裹着安埋的。女婿现在叫我叔叔，叫老伴娘娘。有时候给我买两条烟，有时候给200块钱，也到绵阳看他娘娘，逢年过节一家三口来看我们。他给我和老伴拉了做棺材的杉木，堆在亲戚家，通往老家的路修通以后，再拉回去做。

我有时候住在绵阳大娃儿家，有时候住在县城二娃儿家，有时候一个人住在老家。现在国家富裕了，政策好了，退耕还林和扶贫搬迁都有补助，都说共产党好，好多人不种地也饿不死，家家电气化，电炉子做饭，电视有几十个频道，想看哪个就看哪个。我和老伴都有养老保险，一个月领900元左右，卡随身带。

·岩兰花开·

在娃儿家吃住不给钱，他们给我零花钱了我接上，不给也不要。平时自己买衣服穿。地震以后好多人思想发生了变化，都不太存钱，有钱就花掉。

正说着，两个女孩走了过来，搭讪以后知道，一个是17岁的高二女生，一个是14岁的初二女生。高二女生说，北川街道好像一直这样宽阔空旷，房屋整齐，绿化漂亮。班上可能有同学失去了哥哥姐姐或父母，但大家都不说，也不问，平时每个人都快快乐乐开开心心。初二女生说，我对地震没有记忆。

公交车来了，又走了，两个女孩随车而去，站牌下只剩我和闲坐的老人，四周空旷安静。想了好一会，才确定自己在北川新县城。

汶川的孩子

坦率地说，2008年5月12日以前，汶川，对于很多人来说是一个陌生词，当那场灾难突然降临，人们才关注起这个山里的县城。

尽管中学阶段当过地理科代表，对这个地名也毫无印象，只记住了岷江。到了四川，尤其是在茂县、汶川、映秀、都江堰，只要与人打交道，就离不开岷江，江水湍急，山大沟深，房屋、碉楼、台地大多依山傍水，面向岷江或其支流。

地震时都江堰到汶川的都汶公路被震垮，前往汶川的各种车辆只能绕道八百多公里，经雅安、宝兴、小金、马尔康，才能抵达。原本两小时左右的车程，整整走了三天两夜。途中翻越夹金山，山顶的杜鹃、荆棘灌丛很低矮，阴坡还有大片积雪。在一个上坡处，我们装了5吨消毒粉的卡车，差点与满载12吨灭火器的车相撞，我们的绿皮车被挤在靠山一侧，一个后视镜被撞裂。在之字形的车道上，余震的碎石不停地滚下来，我和另一位押车员小毛随时关注飞石和试图超越的车辆，眼见飞石到时，立即说，

· 岩兰花开 ·

快，快开。司机跟我俩一样，都是志愿者，他们让我坐在中间位置，三人只有一顶绿色钢盔，也让我戴在头上。

至今想起宝兴就想笑。

傍晚时分才到宝兴，车停在路边，前后都是运送救灾物资的车辆，防雨布盖在车厢上，没有谁会偷盗，哪怕是方便面、矿泉水。宾馆好像 50 元一晚上，小毛和司机住一个房间，我住一个单间，还有热水，心里想着睡觉前一定洗个热水澡，稿子写完已经凌晨 3 点，倒头就睡，不到 5 点小毛咚咚敲门，说要出发。背上背包就走，一只眼睛闭着，一只眼睛睁开，跟着他俩亦步亦趋往前走，一拉车门上了副驾驶位置，两只眼睛终于闭上，安心睡觉。迷糊中感觉自己往上升，瞬间身子又向下倾斜，同时听见有人说，哎呀，咋搞的，车头咋这么重。

两只眼睛同时睁开，发现车头被高高掀起，准备给水箱加水。忽然间，我哎哟一声，怎么就没洗热水澡呢。

愣怔中两人惊呼道，啊呀，你啥时候上车的。然后全都哈哈大笑，山色渐渐活泛起来。

小毛家住小金，在成都打工，看起来还是一个大孩子，路过小金的时候，给妈妈打过一个电话，没说自己离家很近，念叨着家里的杏子和大樱桃已经熟透，我不由得咽口水，心想如果到他家待半小时该多好啊，我已经七八天没有吃到用锅做的饭了。车到卓克基羌寨附近的救灾物资集散点就卸货了，小毛被调配去其他地方，离开时送给我两只白纱口罩，大约两年后通过一个电话，说在贡嘎山景区上班，欢迎我去那里观光旅游。

　　快到汶川县城的时候，山体不停地塌方，沿途都在修路，也会爆破，风过时，垮塌得更厉害，泥土弥漫，粉尘飘扬。山石缝隙曲里拐弯，冒着阵阵白烟，散发着浓重的岩石粉末味道。当时暗自惊诧，大山怎么跟刚出笼的面包一样，酥脆易碎，热气阵阵。在绵虒镇一顶帐篷里跟几位战士交流时，忽然听见轰隆隆的声音，接着是哗哗的水声。我快速向帐篷外冲去，身后的战士笑着说，滚石落到岷江里了，咱们在江的这岸哩。离开汶川的时候，搭乘的是陆航团的直升机，一直在河谷上空飞行，江水显得浑浊，时不时能看见流泻到江中的泥瀑布，想必这就是泥石流吧，还有不规则的斑驳山体，敷衍在原本翠绿的崇山峻岭间，如同秃子头上的癞疤。

　　那河山，自然是岷江、岷山。

　　在汶川的忙碌中，见到的当地人大多是老人、妇女和几个穿开裆裤的孩子，县城人烟也很稀少，几乎没有见到大一点的孩子，后来才知道中小学生被集体转移到外地了。

　　10年后的2018年5月底，再次来到汶川县城，满眼都是光鲜亮丽的孩子，顿觉恍惚，好一阵反应不过来，汶川原来也是有学生的哦，这些孩子山花一样万紫千红。

　　在汶川博物馆前的小广场上，几个孩子正在玩耍，搭讪以后才知道，最大的孩子2008年4月出生，最小的6岁。我问他们知道地震吗，有人说听爸爸妈妈说过，有人说不知道。然后争着

·岩兰花开·

说，马上要过六一了，要参加文艺演出，演唱一首《多谢了》，接着便手舞足蹈地唱起来。

"多谢了，多谢月亮一样善良的人。多谢了，多谢太阳一般真诚的人。你用你的血，换来我的生。你用你的命，救了我的命。你用你的爱，抚平我的痛。你用你的情，温暖我的心……"

歌还没有唱完，就飘起了小雨，一同躲在楼檐下，叽叽喳喳笑个不停。不一会，家长撑着雨伞，纷纷接走孩子，只留下我一人在原地无聊。

六一儿童节一早，我在街上的小饭馆吃小笼包子，包子不但有腌菜萝卜馅的，还有腊肉馅的，自己拿碗盛红豆小米粥，店铺喧腾有序。旁边有一家卖化妆品的商店，门前挤了一堆家长和小学生，家长手里拿着孩子的外套和零食，肩上斜挎着小书包，每个孩子都穿着鲜艳的衣服和裙子，或喜气洋洋或噘着小嘴，有的已经粉腮红唇，有的还是素颜。聊天以后知道他们是汶川二小的学生，他们给我指了学校位置。

采访完一位伤残女士，看见路边的宣传栏里有"汶川县感恩情怀培育工程"的字样，高大宏伟的穗威大桥格外醒目，心想广州援建的烙印很重哦。汶川有大禹故里、熊猫家园的说法，县城古称威州，三国蜀将姜维镇守过这里，历史文化悠久，是岷江上游的名镇。

赶到汶川二小，演出已经结束，舞台背景上有"感恩"字样，操场上的塑胶跑道在正午的阳光下光鲜亮丽，教学楼崭新整齐，想必也是援建项目。我跟 4 位 6 年级男生席地而坐并开启了录音笔，一位成年男士走了过来，说不能采访。只好把四川省作家协会开给我的三张介绍信拿出来，分别是开给阿坝州委宣传部、绵阳市委宣传部、德阳市委宣传部的，他见我有介绍信，便走开了。介绍信没有及时放进信封，随便放在身后。

男孩子全都 12 岁，马上小学毕业，有的是羌族，有的是汉族，还有母亲是藏族父亲是羌族的。有的说想上威州中学，有的说想上映秀的七一中学。其中一个男生非常健谈，一只胳膊揽着另一位男生肩膀，笑着说，我想让他跟我一起上威州中学，最好一个宿舍。每个周末批发一箱子饼干、麻辣豆腐干、方便面，藏在宿舍里卖，下一周再批发，他可以随便吃，不收钱。我上一年级就会做买卖了，有一次从一个小巷子经过，发现一个娘娘卖的雪糕比其他地方的便宜，一问，才知道是批发。后来我就多买几根，加几分钱卖给同学。我就想自己以后要开公司，挣很多钱，帮助非洲的孩子修水窖。我们读过一篇文章，说是美国一个小男孩给家里洗碗干活，把零花钱存起来，捐给非洲修水窖，那个水窖就以他的名字命名，我想做他那样的人，有爱心，帮助更多的孩子。

我问，你们知道汶川 10 年中发生过什么大事吗？

4 个孩子异口同声道，重建。一个孩子说，奶奶说曾经发生过地震，我太小了，不清楚地震是什么。另一个孩子抢着说，我知道地震是什么，地震就是地动山摇，就是感恩。

·岩兰花开·

正说着，一回身，发现介绍信不见了，只剩一个空信封。同学们一起帮我寻找，有人说一阵风吹过，有白色东西飘走了。慌张中见有人捡拾操场上的垃圾，就去追问，结果不了了之。所幸手机里拍有照片，后来在汶川县作协主席羊子的办公室，打印了一份。

14岁的小鹏住在一碗水村。

见到他的时候，他正独自一人在乡村安置房前滑滑板，房屋依山傍水，有一长排，住有一二十户村民，村委会也在其中。山是岷山，水是岷江。直观感觉他营养不良，身材消瘦，表情平淡，没有少年应该有的天真和喜色，稍稍琢磨，还有一种感觉，那就是孤单。

他不善言语，音调很低，不问则不答的那一种。他说18岁的哥哥在外打工，父母在离家不远的桃关矿上干活。那个时候住在山上，不像现在大家住在统一修建的房子里，挨得很近。那一刻，4岁的他站在坎子上看舅舅放蜂，坎子被震垮，摔了下去，身后的房子就垮了，如果迟一秒钟，可能被压死，脸上有擦伤，左脚受伤。通往村外的道路垮塌，好几天出不去，伤口化脓了，外婆采来草药给他敷。有人从岷江对岸找来一条船，不知道怎么划过来的，后来没有问这事，也没有人说起。父母把他抱上船送到人多的地方，搭直升机到成都，后来转院到杭州治疗，左脚前脚掌没有了，左脚用假肢，走路有些瘸。

上学以后非常自卑，不好意思走路，不上体育课。后来发现没有人瞧不起他，也没人孤立他，也不说受伤的事，感觉逐渐好起来。目前在绵虒中学上初中，一个年级两个班，一个班40多人，他学习中等，没有想过以后干什么。脸上的伤好了，疤痕不太明显，脚上的伤平时不痛，天阴下雨会痛。

正说着，一位拄双拐的老人从里间出来，脸色蜡黄，眼神无光，一脸愁苦。小鹏介绍是他外公，70多岁，20多年前在山上烧炭摔伤的腿，一家三代住一起，平时就他和外公相伴，村里只有一个小伙伴，其余的要么打工去了，要么太小。

告别小鹏的时候，不知道从何说起，因为知道再怎么真诚的语言，都抚平不了小小少年的伤痛，在他面前，语言显得苍白无力。后来反省，是不是打扰了他，是不是指手画脚了，我有什么资格打扰他的平静呢，可似乎又不全是。

小松也是一位14岁男孩。

全家都是羌族，住在新桥村震后安置房的三楼，离汶川县城十多分钟的车程，在雁门中学读初二。我是周末到他家的，外婆和他在家，外公出门去了，姐姐在外读书。小松表情活泛，有些腼腆，感觉比小鹏阳光开朗，他管外公外婆叫爷爷奶奶，显得特别亲近。他说自己1.8米，姐姐1.6米多，他们家的人个子都高。

客厅正中墙上悬挂着毛主席、周总理、朱总司令的巨幅合影画像，每个人的脸庞都红艳喜庆，松柏掩映其间。习总书记的印刷照片紧邻其旁，鲜艳的羌绣上有"感党恩谢国恩"的字样。老两

·岩兰花开·

口一张彩色照片布景是天安门城楼，几张奖状贴在墙的一角，显得有些小巧，有星火杯全国少年儿童美术书法摄影大赛奖状，有学校数学比赛优胜奖状，还有一张优秀舍长的奖状。有他的，也有姐姐的。

我怕伤害小松，等他进了自己房间，先跟老人拉家常。

老人比较健谈，也还豁达。她说自己74岁，老伴76岁，老伴曾经在村里当会计出纳，是个老党员。老人一共有四个孩子，两个儿子两个女儿，地震的时候两个女儿不在了，2009年大儿子在工地掉进搅拌机，也不在了，现在只剩小儿子。小松的妈妈是她大女儿，女婿女儿开货车，从汶川往成都拉滑石粉跑运输，空车返回汶川的时候，在彻底关赶上地震，连人带车被埋，8个月以后，已经入腊月了，有人用吊车清理废铁，发现女儿女婿的尸体，破车卖了1000块钱。尸体拉去火化，骨灰埋在祖坟里。货车买有保险，获得10万元保险金。

老人说，做梦经常梦见三个儿女。老屋子没有垮，属于危房，政府统一在岷江边修建了现在的安置房，连装修一共花了13万元，没有欠款。坡上还有两亩多地，种的是核桃。老两口已经农转非，交过养老保险，她每个月领1300元养老金，老伴多一点。小松和姐姐还是农村户口，算是孤儿，每月有700多元生活补助，18岁以后就不发了。汶川县一个单位包挂他们家，说是精准扶贫，其实自己家不缺吃不缺穿，还是国家政策好，经常有人关心他们，送来米面油和电热毯、衣服啥的。

小松随后告诉我，地震的时候自己 4 岁，上村里的幼儿园，姐姐 6 岁，上一年级。统一被转到自贡读书，后来回到汶川。姐姐初中毕业以后，考到乐山医药科技学校，学的是护理专业，希望以后能在离家近一些的地方就业，这样可以照顾爷爷奶奶。

小学的时候特别羡慕有爸爸妈妈的同学，同学们都由爸爸妈妈接送，开家长会也是爸爸妈妈去，自己则是奶奶去，心里有些酸楚，但不会哭，其实自己爱笑，不想让人知道自己是孤儿。周末把衣服拿回家用洗衣机洗好，上学的时候再带上，姑姑大妈经常来看望，老师也很关心。

小时候看见过好多解放军，发现他们很威风，就想长大了当兵，好多男孩子都有当兵的梦想。

初中以后就不自卑了，看手机玩游戏，视力下降，戴 200 度的眼镜，知道不能当兵了，很沮丧。后来看见一篇文章，说条条大路通罗马，就不太难受了，也可以干别的事嘛。一直喜欢数学，在班上是数学组长，还是宿舍舍长，以后肯定要考大学，工作单位离家越近越好，跟爷爷奶奶和姐姐近一些最好。

21 岁的马聪是四川省残疾人坐式排球运动员。

见他之前，先去了他家，他妈妈 1976 年出生，住在映秀镇渔子溪村，块头比较大，一看就知道很健壮，脚步比较重，穿着凉拖鞋，背一筐猪草健步而来。以前的房子震垮了，现在住的小二层楼房是灾后重建的，一位面容病态的老人抱着熟睡的孩子安静地坐着，我没有问是她公公还是娘家父亲。

她说娘家在紫坪铺那里，修水库以后搬迁出来，长大以后嫁到这里。地震的时候公公婆婆在山上背粪，负伤以后被人送到外面治病。丈夫在铝厂打工，找到的时候已经遇难，女儿9岁上三年级，没有出来。马聪上五年级，72小时后被救出，送到华西医院。现在的丈夫比自己小一岁，以前没有结过婚，在附近的映秀湾水电厂当临时工，工资交给她管，一家人生活还行。马聪每次回家，自己洗衣服，打扫卫生，把自己收拾得巴巴适适。以前小伙伴来，在家里吃饭，现在会到镇上的饭馆请客。

在医院截肢的时候，因为没有家长陪护，他自己在手术单上签的字，姑妈后来赶来，马聪问姑妈锯掉的腿还能长出来吗，姑妈哭得更汹涌。左腿膝盖以下截肢，截面反复磨破，由基金会出面到香港治疗过。好长时间他害怕黑暗，睡觉的时候也要开着灯，出院以后继续在映秀小学读书，初中在都江堰友爱学校就读。地震以前他是村里有名的调皮蛋，聪明好动，哪里都能见到他，出事以后变得消沉，不爱说话，总是低着头，不敢跟人对视。经常有记者或好奇的人问他伤情，他不开腔，问得着急了，撸起裤腿气愤地说，你看，你看。

转机出现在2014年，他被四川省残疾人运动队选中，很快适应了集体环境，逐渐变得积极阳光，话还特别多，他所在的坐式排球队获得过全国前四、全省第一的好成绩。

　　我跟马聪在都江堰的一家茶楼见面，他和几个队友刚从外省参加比赛回来，准备回映秀休整几天，再到温江训练基地。他戴着假肢，没有拄拐，另一个队友脸庞俊秀，温雅帅气，拄着单拐。他们交谈得非常愉快，我在一旁观察，心里涌出些许悲戚，锃亮生硬的拐杖与花季少年多么不协调啊。他不太聊从前的事，对训练谈得多一些，印象深刻的是，训练非常枯燥，坐在地上滑来滑去，屁股膝盖会磨破，生出厚厚的茧子。

　　加微信好友以后，经常能看到他的动态，他有时候跟朋友开车去西藏，有时候参加马术、篮球比赛，还骑自行车。2019年5月初他代表中国队，参加了在福建平潭举行的首届世界残疾人沙滩排球国际赛，这次比赛汇聚了来自中国、美国、澳大利亚、德国等8个国家共10支沙排队伍。《平潭日报》刊有一张比赛照片，一位白袍白头巾的大胡子裁判员，站在高高的裁判台上，嘴里含着口哨，双手比画着，网栏右侧是一位跳跃的黑皮肤运动员，左侧是两位中国运动员，马聪正飞身跳起，身姿轻盈矫健，蓝白红三色排球被高高抛起。这个画面令我奇怪，不是坐式排球吗，怎么跳起来了呢？仔细瞧那腿，单腿起跳，另一条腿则无影无踪。再看报道，原来他不但会坐式沙滩排球，还会打站式沙滩排球。

　　2019年6月1日，他在朋友圈晒出一张四五岁小女孩的照片，一脸天真可爱的样子，额头一个大红点，头扎两朵大红花，光着肩膀，穿一条红裤子，裤边有彩色花边，脚穿镂空白鞋子，光脖

·岩兰花开·

子上戴着红领巾，蹲在地上，身后全是化了妆的小男孩小女孩。标题是：妹妹六一快乐，哥哥爱你哦。

21 岁的小旭在眉山师范学校读书，擅长体操。

她恰好休假在家，住在汶川县新桥村，两层小楼前种了许多花草，石榴花红艳得耀眼，茉莉清香洁白，丝瓜藤蔓缠绕在小树上，黄色花朵争相传递着喜悦。

从一楼客厅后窗能看见岷江水面，岸边有一道水泥防洪堤，屹立在江水与房屋之间。一个格外肥胖的小伙子进来，身后跟着一只金毛大狗，见我急忙往一边躲闪，小旭说这是她弟弟，比她小三岁，别怕，狗不伤人的。

我偏着腿坐下，狗还是在脚边绕来嗅去，吓得我不敢多说一句话，密切关注狗的动静。心想，这狗可真肥硕啊，跟小伙子一个体型，是不是吃同样的食物，才如此相似呢。

地震一周年的时候，我从汶川返回成都，离火车开动还早，随意走进一个艺术之家，一只藏獒和其他几只狗听到号令一般，一齐向我扑来，吓得我转身奔跑，身后的主人大声喊叫，我才得以脱身，瘫坐在地上，好一阵站不起来，没有哭，只是流泪。

从此，我害怕狗，尤其害怕藏獒。

小旭大概见我魂不守舍，用绳子把狗拴起来，我才安静下来，随着她的讲述，回到过去时光。

以前我家和同村人一样，大多住在山上，房子没有震垮，但不敢住，大人忙里忙外，学生全都转出汶川。我们到了眉山市的丹棱县，高低年级混住，她上六年级，弟弟上三年级，半夜下铺的小同学经常哭醒叫妈妈，有时候小同学感冒发烧，我协助老师一起送到医院。在外的一年时间里，爸爸妈妈去看过一次，到餐馆吃过一顿饭，有的家长一次都没有去过，有的同学爸爸妈妈遇难了，有的失踪了。

弟弟转学前每次考试都是双百，到丹棱县以后经常哭，下课就找我，回汶川再次打乱重新分班，有的老师也换了，他不适应，变得不爱学习，初中上了一学期就辍学了。弟弟小时候的理想是当科学家，现在的理想是当大老板，目前在附近一个厂子开挖掘机，看起来胖胖乎乎，大大咧咧，看见讨饭的人，拉二胡卖唱的人，会主动送包子送钱。遭受过地震之苦的孩子特别有爱心，不忍心看到他人受苦，尤其是比自己小的孩子。村里人还有一个特点，只要听说哪里发生泥石流、洪涝灾害，或者地震，不管省内还是省外，第一时间在微信群里发布消息，捐款捐物非常踊跃，有的人还千里迢迢赶去当志愿者。

我曾经到青岛参加过体操比赛，第一次看见大海，第一次跟外国人交流，捡了好多贝壳给弟弟带回来。外面的世界真广阔，希望阿坝州的所有学生都能到外面去看一看，也希望羌文化能够发扬光大。村民基本上都是羌族，平时不会特别强调少数民族身份，大部分人不会说羌话，更不会写羌文字，茂县有会写羌文字的人。

·岩兰花开·

这几年汶川其实一直有余震，2013年雅安芦山地震和2017年九寨沟地震，这里震感都强烈。汶川大地震以后，村民从山上搬下来，住进了统一修建的安置房中，整个岷江上游山高谷深，我们的房子离江面太近。地震把岩石震碎了，一下大雨，山石崩塌，小河沟全是新鲜的石头，白花花一沟一溪的，岷江河道明显变窄，河床明显抬高，有一次，泥石流把好几家房子冲跑了，水质也没办法跟小时候比，以前多清澈啊，能看清一寸长小鱼的眼睛，现在浑浊多了。震垮的山坡变绿了，树木长高了，但裂开的岩石危机四伏。

和解之路

2018 年 6 月初，我在都江堰忙里偷闲参加了一个诗会，主持人列出几个关键词，让大家在限定时间内作诗，评委当场打分，然后把诗作树叶一样挂在线绳上，供大家品读欣赏。记得关键词是绿色、村庄、生态、家园。

暗自思忖，拜水都江堰，问道青城山，多么富有文化气息的地方。当年在青城山附近给村民送药送水，登记村民受灾情况，没有谁顾得上走进山门一步，5 月 19 日全国哀悼日的鸣笛响起，所有人停下手中的活计，车辆行人原地止步，四野寂静一片，默哀三分钟以后，继续忙碌。一位中年女士告诉我，当时堂弟刚做完手术正在缝合，楼房就摇晃起来，站在手术室外的哥哥姐姐表姐表妹们，总共六七个人，惊慌中全都跑下楼，待稍微平静一点，忽然发现硝烟中一个带滑轮的床缓慢到了跟前，原来是医生缝合完最后一针，把病人推下来，床头还挂着输液瓶。

后来，看见作家李西闽的访谈，他说只有亲身经历过生死的人，才不会站在道德的高点指手画脚，真正的悲悯是让地震中

· 岩兰花开 ·

各式各样的生命形态得到充分谅解，在极端状态下，逃生是一种本能。

李西闽在中国文坛有"恐怖大王"之称，地震时在彭州市一个山庄写作，在废墟中被埋76个小时，获救后用一根手指创作了长篇散文《幸存者》，获得当年的文学大奖，稿费全部捐给灾区，还资助10位受灾孩子读书。他被救出的当天就出现幻觉，失眠是家常便饭，患上了抑郁症，曾经因为自杀被网友四处寻找。

他给我留言说，每年5·12都回四川，是想跟灾难和解。

想起"和解"这个词，又看眼下的诗会。生态、家园，多么美好的词语哦，采菊东篱下，悠然见南山，谁都向往的生活状态，历史文化名城都江堰的所有民众，完全有资格如诗如仙地生活，但怎么就地震了呢？

我跟成都来的一位报社记者聊了起来，他30岁左右，地震后四川很多机关单位参与灾后重建，他也不例外，在汶川县一个镇工作了3个月时间。

他说，地震主要对两种人有影响，一种是直接受灾者，另一种是参与者。对其他人只是一种记忆，一种悲悯，一种危机感。以前觉得人很了不起，人定胜天，事实证明在大自然面前，人非常渺小。

直接受灾者包括，自身伤残和家人遇难及致残，房屋垮塌也算。人的情绪有一个自动修复功能，如果没有身体上的残疾，两三年以后，会稍微平复一些。每年5·12媒体大量宣传采访，有的地方还搭台唱戏载歌载舞，以感恩的名义招商引资推广旅游。这对灾区是件很不好的事，人们好不容易走出阴霾，又把人带入悲伤的氛围中。

大灾面前，各种关系赤裸裸地暴露，这种伤害几乎是不可修复的。一位35岁的女性朋友，家住成都高楼，父母60多岁，地震发生的那一刻，父母把房间略作收拾，带上值钱的细软，关上房门转身离开，正睡午觉的她被震醒，恰好看到了这一幕，那一刻，想跳楼的想法都有。本来和父母关系一般，之后关系走到冰点，到现在心里都放不下。另一位朋友也是女士，30多岁，当时和丈夫处于冷战状态，地震时联系不上，第二天，收到丈夫一条短信：地震了，注意安全。不久，两人选择了离婚。

对参与者的影响，就像你我这种人，你是震后志愿者，我是灾后重建者，有的人和事刻骨铭心，甚至颠覆了以前的认知。

震后一两年大部分灾民住在临时安置房中，户口本、身份证、存折随身带，几辈人积攒的家业瞬间消失，几十年经营的厂房、矿场被毁，几分钟前还相亲相爱的家人恋人，转瞬间阴阳两隔。灾难使人顿感人生无常，生命短暂，人们想着过好当下每一天，但享乐思想抬头，消费大手大脚，灾民的消费水平明显高于震前。有的官员从来没有经手过这么多钱，没有坐过高档小车，金钱面前把控不住，有的受到处分，有的干脆锒铛入狱。

震后还有一项工作有待提高，那就是心理援助。以前老百姓对心理疾病不够重视，认为心理疾病就是精神病，其实不然。当

·岩兰花开·

时心理援助重点是北川中学、漩口中学、聚源中学等学校里的青少年人群，其实每一位受伤者和参与者都有不同程度的心理问题。冲在一线救援的人大部分是军人和专业救援队，身处和平年代，没有经历过战争和饥饿，忽然间接触大量死人，甚至少胳膊没脑袋的尸体，心理压力巨大。有的伤员费尽周折被救活了，结果活得很凄惨；有的人为了救别人，自己致残；有的人赴汤蹈火置生死于度外，受表彰的时候却与己无关。这种打击和挫败烙印一般会留在心上，如果心理干预和疏导不及时，阴影一生挥之不去。所以，心理援助应该遍布各个环节和领域。地震孤儿衣食无忧，但心中的孤独和无助，也应该受到更多关注。震后宝宝这个群体，被家长宽容溺爱，视若珍宝，以后离开家庭进入社会，不会被容忍，怎么适应社会，大概也是个问题。

　　和这位记者交谈以后，我陷入沉思，究竟以怎样的精神面貌书写这部作品，是选取部分素材呢，还是将不同声音真实呈现？每一代人都是上一代人和下一代人之间的桥梁和纽带，是历史长河的一朵浪花，作为这场灾难的亲历者和书写者，以我的角度，虔诚地记录我所接触到的人和事，不遮蔽、不臆想就是对我良心的负责，也是对历史的负责。巴尔扎克说，小说是人类的秘史，我认为纪实文学应该是人类发展历程的见证，既然这样，怎么能潦草呢？

　　汶川大地震，已经成为历史，众多的遇难者，留给亲人无尽的伤痛，当思念者一个个离世，与先行者最终在天堂相聚，一代人，一个家庭，也就消失了。那个时候，我们根本无法谋面的后人们，会从汶川大地震中汲取怎样的经验，记住怎样的教训呢？

时光再次回溯到 2008 年那个春末夏初，我还那样年轻。

当时，两次在学校废墟前无言以对，一次是在平原地带，一栋三层初中教学楼坍塌，我在碎砖块中间看见了数学试卷。另一处是在一所著名中学，地处山区，五层教学楼倒塌。

历时 29 天的志愿者工作结束以后，脖子上鼓起了一个核桃般大小的包，后来做了甲状腺切除手术，从这个层面讲，我也是地震受伤者。此时此刻，2019 年 6 月 13 日正午，窗外阳光灿烂，阳台上的三角梅、金银花开得正艳，依然记得手术是局部麻醉，麻醉后等待手术的时候，我请医生给我遮盖点什么，医生问我是不是冷，我说不是冷，是我从来没有在外面光过身子。手术进行到中间，听见一位年轻男大夫说，听说她是地震志愿者，我来帮她切两刀。我两眼大睁，无力回应，能听见刀子割肉的丝丝声，被蚂蚁叮咬一般的不舒服。后来他告诉我，手术缝合要一层一层地缝，脂肪层、肌肉层、皮肤层，每一层都不能漏掉。

从此，我知道了看似光洁的皮肤下面还有好几层呢，表皮重要，皮下几层更不容忽视。如此大的灾难背后，折叠了更多的伤痛。

这部作品写的是地震，又不是写地震。

我写的是人，人的命运。

后记 写一部纪实给当代

是的，我不愿意碰触这部书的后记，一旦完成这段文字，就意味着与他们告别了。他们，就是与我相依相伴的主人公。从青年到中年，随他们的起居住行，伤痛喜悦一路走来，他们也陪伴我度过了焦虑、浮躁，直到现在的坦然不惊。

时间真的不短了，汶川大地震发生后的第5天，我只身去往震区，当了一名志愿者，白天为灾民送粮送药，晚上写稿子，历时29天，完成了5万多字的《震区亲历记》。通过部队发往外界，最远到达美国的波士顿，当地报纸图文并茂进行连载，民众拿着报纸为中国四川捐款捐物。当然，这是后来才知晓的。从震区回到陕西就做了甲状腺切除手术，伤疤横亘在脖子上，之后的四五年里，无论阴雨雷电还是赤日炎炎，我都穿着高领上衣，避免被人发现。2009年春节前几天和地震一周年，两次重返四川，主要是想打开自己的心结，因为，我抑郁了。两年间，我躲着人走路，夜幕降临还戴着口罩帽子，听见"地震"两个字心就发颤，肩胛骨往回收，恨不得把头低到尘埃里，伤心时还会呕吐。从这个层面讲，我也是地震伤员。

我知道要了却这桩情债，必须得与之和解，方式只能是述诸笔端，将心中的痛和纠结彻底理清，然后卸下盔甲，轻装迎接后半生。心里非常清楚，没有谁青睐灾难和悲伤，这是一部小众作品，不会畅销。甚至有人对我说，汶川地震已经翻篇，没必要涉猎这种出力不讨好的题材。我深切地明白，作家的黄金创作期很短，但我坚信这个领域喧腾火热，从来没有冷寂过，这是在场人的基本认知，我了解自己的心之所依。正如我无数次对拒绝采访的人说的那样，如果没有人关注，灾难对人类的启示和教训也会随之而去，要对得起自己的苦难和经历。这些言论更多的是鼓励自己，坚定不移地走下去，用双脚丈量那片熟悉又陌生的土地，聆听他们的心声，感知他们的幽微。

正是抱着这种信念，地震10周年之后不久，第4次入川，近一个月时间里走访了汶川、映秀、都江堰、绵阳、北川等重灾区，采访了五六十位男女老少，然后修行般把自己关闭起来，开始了一个人的日夜厮杀，累月煎熬。在全文开篇，用红色加粗字体写下几个大字：笃定、真诚、诗意、凝练、悲悯、善意。以此提醒自己，不能偏离这个宗旨。

这注定不是一部莺歌燕舞、风花雪月的作品，推进自然缓慢，写作的过程是揭伤疤的过程，也是伤口愈合的过程，是主人公及作者与灾难平等对话的过程。丧子爸爸、丧子妈妈、地震孤儿、长大了的伤残孩子、重组家庭、震后宝宝们，成为这部命运

· 岩兰花开 ·

交响曲的合唱队员，我则是这场生死之歌的记录。

人类历史不仅有英雄伟人，更有普通凡人奠基，以史为镜，可以知兴替。大难煎熬过的这个群体，生存状况有喜有忧，苦难中的坚韧与豁达，顽强中的不屈和善良，正是人世间最美的品质。大灾后心理障碍持续数十年，甚至代际传递，人性之花绽放，作家便是花粉的采集者。

采访中的艰辛和无奈已经过去，写作中的孤独和无处倾诉也已画上句号。写一部纪实给当代，以文献、文学的形式呈现给世界和自己，心，终安妥。

2018 年 8 月 18 日至 2019 年 6 月 30 日

于西安、北海、杭州、安康